UNIVERSALE
ECONOMICA
FELTRINELLI

Pino Cacucci (1955) ha pubblicato *Outland rock* (Transeuropa, 1988, premio MystFest; Feltrinelli, 2007), *Puerto Escondido* (Interno Giallo, 1990, poi Mondadori e infine Feltrinelli, 2015), da cui Gabriele Salvatores ha tratto il film omonimo, la biografia di Tina Modotti *Tina* (Interno Giallo, 1991; Feltrinelli, 2005), *San Isidro Futból* (Granata Press, 1991; Feltrinelli, 1996), da cui Alessandro Cappelletti ha tratto il film *Viva San Isidro* con Diego Abatantuono, *La polvere del Messico* (Mondadori, 1992; Feltrinelli, 1996, 2004), *Punti di fuga* (Mondadori, 1992; Feltrinelli, 2000), *Forfora* (Granata Press, 1993), poi ampliato in *Forfora e altre sventure* (Feltrinelli, 1997), *In ogni caso nessun rimorso* (Longanesi, 1994; Feltrinelli, 2001), *La giustizia siamo noi* (con Otto Gabos; Rizzoli, 2010). Con Feltrinelli ha pubblicato inoltre: *Camminando. Incontri di un viandante* (1996, premio Terra – Città di Palermo), *Demasiado corazón* (1999, premio Giorgio Scerbanenco del Noir in Festival di Courmayeur), *Ribelli!* (2001, premio speciale della giuria Fiesole Narrativa), *Gracias México* (2001), *Mastruzzi indaga* (2002), *Oltretorrente* (2003, finalista premio letterario nazionale Paolo Volponi), *Nahui* (2005), *Un po' per amore, un po' per rabbia* (2008, uscito nell'Universale economica in due volumi dal titolo *Vagabondaggi*, 2012, e *La memoria non m'inganna*, 2013), *Le balene lo sanno. Viaggio nella California messicana* (2009, premio Emilio Salgari 2010), *¡Viva la vida!* (2010; Audiolibri Emons-Feltrinelli, 2011), *Nessuno può portarti un fiore* (2012, premio Chiara), *Mahahual* (2014) e, nella collana digitale Zoom, *Tijuanaland* (2012), *Colluttorius* (2012) e *Campeche* (2013). Per Feltrinelli ha curato anche *Latinoamericana* di Ernesto Che Guevara e Alberto Granado (1993) e *Io, Marcos. Il nuovo Zapata racconta* (1995). Ha tradotto in Italia numerosi autori spagnoli e latinoamericani, tra cui Claudia Piñeiro, Enrique Vila-Matas, Ricardo Piglia, David Trueba, Gabriel Trujillo Muñoz, Manuel Rivas, Carmen Boullosa, Maruja Torres, Carlos Franz, Manuel Vicent.

PINO CACUCCI
**Quelli del San Patricio**

© Giangiacomo Feltrinelli Editore Milano
Prima edizione ne "I Narratori" maggio 2015
Prima edizione nell'"Universale Economica" novembre 2017

Stampa Grafiche Busti - VR

ISBN 978-88-07-89025-3

**www.feltrinellieditore.it**
Libri in uscita, interviste, reading,
commenti e percorsi di lettura.
Aggiornamenti quotidiani

razzismobruttastoria.net

# Quelli del San Patricio

# 1.

## Erin Go Bragh

John Riley salì sul muro più alto del convento di Churubusco. Levò il viso al cielo e rimase lì ad assaporare l'aria tersa dell'altopiano: nubi candide correvano negli squarci di azzurro dopo i temporali della notte e lui sentì una fitta di nostalgia al petto per qualcosa che non aveva mai avuto. Come si può provare nostalgia per una vita che non si è vissuta?

Qui avrei potuto viverla, pensò John Riley.

E subito dopo scacciò quella sensazione di struggimento imponendosi di osservare attentamente le linee di difesa. I pochi cannoni, ormai vetusti e scheggiati, puntavano le bocche inutilmente verso la pianura. I soldati messicani percorrevano i camminamenti senza più tenere il capo chino, quasi fossero rassegnati a ricevere una pallottola in testa, con quel fatalismo che pervade i combattenti quando sentono arrivare l'ineluttabile sconfitta.

Un convento, pensò. Sembra un destino che si compie. Morire tra le mura di un convento dopo aver cavalcato nelle praterie del Nord, tra le vallate a sud del Río Bravo, sulle montagne della Sierra Madre, dopo aver guadato fiumi e attraversato paludi e deserti. Dopo tutto quello che ho vissuto, vengo a morire qui, in un convento. Quasi per obbligarmi a recitare: *Signore, se dovessi camminare in una valle oscura, non temerei alcun male, perché Tu sei con me...*

Una fortezza, in realtà, malgrado le belle cupole sormontate dalla croce. Si domandò perché gli spagnoli avessero edificato il convento e la chiesa di Churubusco come un bastione imponente e austero al centro della Valle de México, quando gli Aztechi non avevano più alcuna speranza di insorgere e ricacciarli al di là dei vulcani, verso il mare da cui erano venuti.

I vulcani. Li guardò, laggiù, sull'orizzonte assolato. I due colossi sembravano montare la guardia a Città del Messico, dopo aver assistito allo sterminio di quanti li veneravano come divinità. Anche oggi, pensò John Riley, voi due vegliérete silenti sull'ennesimo massacro. Ma a chi lo racconterete mai?

Socchiuse gli occhi per guardare meglio: lo sciame di giubbe blu stava prendendo posizione. Si apprestavano all'attacco, i disciplinati, ben armati, ben equipaggiati, ferocemente spietati *yanqui*. Truppe regolari, quindi addestrate e fresche di riposo grazie ai continui rimpiazzi, e coscienti della loro superiorità non solo numerica ma soprattutto bellica – moschetti moderni, ufficiali esperti, niente da spartire con la marmaglia di tagliagole della milizia texana, né con l'orda di volontari di New York, abituati a piantare coltellacci nel ventre dei nuovi immigrati ma non a marciare compatti sotto il fuoco nemico. Eppure, non era quel formicaio in stato di febbrili preparativi a intimorirlo. I cannoni. I loro maledetti cannoni a lunga gittata, ricaricabili con una rapidità nefasta, quei cannoni che avevano decretato l'inesorabile serie di sconfitte, malgrado l'ardimento di chi stava davanti alle loro bocche da fuoco... Li conosceva bene, lui, ex tenente di artiglieria degli Stati Uniti d'America John Riley, battezzato a Clifden, contea di Galway, con il nome di Sean Padraic O'Raghallaighil, il rinnegato irlandese, il disertore... Il patriota messicano John Riley. Messicano, sì, per scelta e per amore.

Ma no, disse tra sé, neppure i vostri cannoni mi intimoriscono... nulla può incutere paura a chi sa di essere già morto.

"Mai stare sottovento a un soldato."

John Riley si voltò lentamente e scrutò Patrick Dalton come se lo vedesse per la prima volta. L'altro sorrise, o meglio, fece una smorfia contratta che poteva ricordare vagamente un tentativo di espressione sarcastica. I capelli rossi brillavano al sole di mezzogiorno.

È vero, pensò John Riley: nessun animale al mondo puzza più di un uomo che combatte da giorni. Da mesi. Da anni.

Aveva la pettorina della camicia che dal bianco candido della prima battaglia era passata al grigio sporco di sudore rancido e polvere umida, diversi bottoni mancanti, asole orfane del finto oro, il colletto bisunto, i pantaloni laceri, la giubba che un tempo doveva essere blu oltremare... Dannazione, il mare, l'Oceano Atlantico, attraversato un giorno che apparteneva a un'altra epoca, tempi di speranze vane e riscatti negati, in fuga dalla miseria, dalla fame *d'oltremare*... Il mare d'Irlanda. Blu cobalto, screziato di spuma bianca. Il verde della sua terra. Lo stesso verde del loro stendardo di combattimento, ormai ridotto a uno straccio annerito dal fumo delle cannonate. Lo scorse sul pennone accanto alla prima batteria: difficile riconoscere la figura di san Patrizio, il trifoglio, l'arpa celtica, e leggere il motto ricamato da mani femminili mosse dal rimpianto, *Erin Go Bragh*. Irlanda per sempre.

"Neanche tu fai un buon odore, Paddy," mormorò, riprendendo a fissare i movimenti delle truppe nella vasta piana.

"Pazienza. Di sicuro domani sarà peggio, ma noi non sentiremo la nostra puzza."

John Riley annuì.

"Hai fatto un calcolo di cosa ci resta?"

Paddy fece un gesto strano, come se si chinasse per sputare, e il suono gli uscì più dal naso che dalla bocca.

"Ben poco. Non c'è voluta molta fatica, a distribuire un paio di barilotti di polvere e qualche palla arrugginita. Anche le munizioni per i moschetti stanno finendo. Le baionette... be', sì, quelle le abbiamo tutti. E la pietra per affilarle non manca."

Un rumore di pietrisco calpestato li fece voltare entrambi.

Cavanaugh si stava faticosamente issando sugli spalti poco distanti da loro, sbuffando e imprecando. Un tempo grande e grosso, ora smunto e curvo, il contadino della contea di Corcaigh – "the Rebel County", come la chiamavano gli inglesi – reggeva la sua vecchia cornamusa. Con un ultimo sforzo, si eresse in tutta la sua altezza e gonfiò i polmoni. Poi si mise a soffiare, lentamente. La sacca di pelle si tese fino a diventare quasi sferica. E a quel punto, dalla *uilleann pipe* si diffusero le note struggenti di *Amazing Grace*.

Prima una voce sommessa, poi un'altra, finché un coro accompagnò la cornamusa:

*Un tempo ero perso, ma ora mi sono ritrovato./ Ero cieco ma ora vedo... Quando questa carne e questo cuore verranno meno,/ e la vita mortale avrà fine...*

E laggiù, fra le truppe schierate per l'assalto finale, qualcuno si tolse il berretto.

Paddy prese il fucile, che aveva appoggiato al muraglione, e fece qualche passo verso la postazione assegnata. Prima di scomparire al di là di un misero mucchietto di sacchi di sabbia, alzò l'arma e disse ad alta voce, ma senza urlarlo:

"*Erin Go Bragh*".

John Riley emise un profondo sospiro, e ripeté:

"*Erin Go Bragh*".

Il suo fu più un sussurro che un grido di battaglia.

*Ero un ragazzo con i capelli rasati a zero per i pidocchi e le croste in testa, quando salii a bordo di un vascello in partenza per l'America. La carestia delle patate non ci lasciava altra scelta: o emigrare al di là dell'Atlantico, o crepare di fame. Mia madre e mio padre erano tra gli irlandesi fortunati, perché avevano un piccolo appezzamento di terra dove coltivare qualcosa da mangiare, patate, soprattutto. L'Inghilterra aveva imposto la monocoltura del lino, da esportare per arricchire i suoi commercianti, non certo noi irlandesi, razza inferiore e per giunta "papisti". Poi le patate cominciarono a marcire, e non ci fu nulla da fare. Mia madre e mio padre tentarono di usare persino le alghe come fertilizzante, e all'inizio funzionò, ma poi arrivò l'inverno del 1816, con quel freddo maledetto che ridusse tutto in poltiglia. Allora avevo undici anni, e mi scorticavo le mani nella terra ghiacciata, a tirare fuori patate che poi mi si squagliavano tra le dita, puzzolenti di putridume. Gli irlandesi morirono a migliaia, di fame e stenti. Dopo una breve tregua, Madre Natura, stuprata dagli inglesi con il loro dannato lino, decise di darci un'altra mazzata: nel 1820 la carestia fu ancora più mortifera, e mia madre e mio padre dissero: "Va', figliolo, finché le gambe ti reggono".*

*Così, vendettero quel terreno a un avvoltoio, e con il misero ricavato comprarono un passaggio nella stiva di un clipper.*

*Vomitai le viscere e l'anima, in quel mese di traversata,*

maledicendo gli inglesi, il lino e le patate. Pioveva quasi sempre, ma stare qualche ora sul ponte era un privilegio raro. Mi riparavo sotto un telo lercio che dividevo con un vecchio professore, lui sognava di insegnare botanica a New York: poveraccio, chissà che fine avrà fatto. A me, che ero un ragazzo, sembrava un vecchio, ma ora che ci penso avrà avuto sì e no quarant'anni, un'età che allora, in Irlanda, era buona per la fossa...

Il professore mi raccontò una cosa curiosa: stavamo andando in America, cioè da dove proveniva la patata, portata in Europa dagli spagnoli nel Cinquecento. Il destino alla rovescia: la patata ci aveva sfamato per tre secoli e ora ci costringeva a cercare qualcosa da mettere nello stomaco nella sconfinata America.

Quando un marinaio disse che la costa era ormai in vista, tutti noi, figli di una terra disperata, ci lasciammo trascinare da una frenesia convulsa. Io, non fosse altro che per la prospettiva di smettere di vomitare. I guardiani di bordo dovettero faticare non poco a spingerci indietro, mentre gli ufficiali sbraitavano di non caricare la prua: un centinaio di morti di fame, per quanto smagriti, se si spostano tutti in avanti sbilanciano il veliero.

Le speranze appena nate morirono di colpo: vedendo la folla sulla banchina del molo, qualcuno si illuse che fosse lì per accoglierci a braccia aperte. Forse, giovane com'ero, la mia vista era migliore, perché a me sembrò che quelle facce laggiù non sorridessero affatto...

Appena ci mettemmo in fila per sbarcare, con le nostre poche cose in spalla, dentro un sacco, cominciarono le urla e gli insulti: "Stramaledetti irlandesi, siete troppi! Basta irlandesi! Dannati papisti!".

E quelli che tenevano le mani in tasca, le tirarono fuori piene di pietre. Una sassata centrò una donna in fronte, era accanto a me, mollai il sacco per afferrarla ma non feci in tempo. Precipitò tra la passerella e la fiancata del piroscafo, mi resi *subito conto che non sapeva nuotare. Ancora adesso mi chiedo perché aspettai: il sacco con dentro tutto ciò che possedevo, la giubba pesante regalatami da mio padre, gli spiccioli nelle tasche... pensieri meschini, e intanto lei, quella poveretta, spariva tra i canapi che fungevano da paracolpi, e io la vidi stritolata dallo scafo che accostò di mezzo metro, sospinto dall'onda di un altro che approdava al molo accanto.*

*Ricordo gli sghignazzi, e quella frase urlata a squarciagola: "Una scrofa irlandese di meno... quella non sfornerà bastardi!".*

*Cercai con lo sguardo l'infame che l'aveva pronunciata, ma vidi almeno una dozzina di uomini intenti a scagliare pietre e dovetti chinarmi per non prenderne una in faccia. Stringevo il coltello nella tasca, e il professore mi afferrò per il braccio: "Ti farai ammazzare. Occhi bassi e tira dritto".*

*Così feci. E imparai a convivere con la vigliaccheria per salvarmi la pelle. Occhi bassi e tira dritto. Finché un giorno ho deciso di alzare la testa e... Ma è una lunga storia, e la rivivo con la memoria qui, attimo per attimo, nitida in ogni dettaglio, ogni volto, ogni voce, in questa piccola casa a Veracruz, aspettando che il mezcal mi dia un po' di requie.*

*Nessuno ci aveva avvertiti: noi irlandesi eravamo la feccia di New York, ci odiavano a morte. La religione era un pretesto: i puritani aizzavano al linciaggio dei cattolici. Di fatto, ci ritenevano pezzenti che portavano malattie e venivano a contendere terre e case ai coloni anglo, New York era un inferno di bande che si spartivano il controllo dei quartieri a forza di coltellate, mazzate, qualche schioppettata, anche se, fatto singolare, avrei scoperto che le armi da fuoco erano considerate roba da codardi: sbudellarsi con le lame, fossero mannaie da macellaio o asce da carpentieri, era una sorta di codice d'onore. L'avversario andava sventrato, dovevi tagliargli la gola nel corpo a corpo, meglio se estraevi il suo cuore ancora palpitante per poi morderlo davanti a tutti, se volevi conquistarti il rispetto di vincitori e vinti.*

*In altre città sarebbe successo addirittura di peggio: nella* civilissima e progredita Filadelfia, i protestanti più fanatici organizzarono milizie e finì che appiccarono il fuoco all'intero ghetto irlandese... sì, perché la nostra gente, negli Stati Uniti, riceveva lo stesso trattamento degli ebrei in tante città europee: i quartieri popolati dagli irlandesi diventavano ghetti e nessun proprietario affittava una stamberga in altre zone, non volevano che ci mescolassimo agli altri, che facessimo parte del loro progetto di società... E a Filadelfia, per sei giorni e sei notti, si scatenò la caccia. Impedirono persino ai pompieri di andare a spegnere gli incendi.

In quanto alla fame, continuai a frequentarla come in Irlanda, compagna inseparabile di giorni sfiancanti e notti insonni, a sentire i crampi che rodono più dei topi, che se ti addormenti davvero ti divorano le orecchie e quando ti svegli ti è rimasto soltanto un buco sanguinolento. Questa è la New York dei miei ricordi: miasmi fetidi, genti feroci, sporcizia e topi ovunque.

Nell'orto di famiglia, almeno, trovavo sempre qualcosa da mettere sotto i denti, fosse anche una radice amara come il fiele. A New York, per gli irlandesi – se giovani maschi con ancora un po' di forza in corpo – c'era soltanto un modo di acquietare lo stomaco perennemente vuoto: arruolarsi.

L'esercito degli Stati Uniti d'America. QUESTA GIOVANE NAZIONE HA BISOGNO DI ESPANDERSI, titolavano i giornali che ogni tanto riuscivo a sbirciare nella taverna dove spendevo i pochi soldi guadagnati scaricando merci al porto. Perché io non ero analfabeta, come tanti venuti dalla mia verde, disgraziata, maledetta Irlanda. Prima della carestia del 1816, avevo fatto in tempo a frequentare la scuola di Clifden, nella contea di Galway, e a detta del maestro promettevo bene. Promettevo, a chi e cosa? Una piantagione di lino il cui ricavato se lo intascava il committente inglese venuto da Dublino, o il piccolo campo di patate corrose dalla peronospora... "Non c'è speranza in Irlanda," mi disse un giorno mio padre, "e noi non possiamo permetterci di farti studiare: prendi il largo, e scordati di questa terra dimenticata anche da Dio."

Saper leggere e scrivere risultò utile quanto avere i denti sani e la pelle senza scabbia: abile e arruolato. In artiglieria. La giovane nazione ha bisogno di espandersi: i soldati servivano all'espansione. E ancora di più gli artiglieri: le terre fertili del Sud andavano irrorate con una buona dose di cannonate, per toglierle a chi ci viveva da sempre.

Imparai in fretta. Non me lo spiego neanch'io come mai, ma la balistica nel campo di addestramento mi entrava in testa meglio dell'aritmetica sui banchi di scuola. Eppure si trattava di calcoli pure lì... alzo e gittata, velocità del vento a favore o contrario, tiro diretto o a parabola, forza di gravità e attrito... ma una cosa era far di conto sui quaderni, e tutt'altra vedere il bersaglio sulla collina che si disintegrava centrato da una palla esplosiva da sedici libbre. Ci presi gusto, lo confesso. E al termine del corso ero sergente. Neanche un anno, e per meriti sul campo mi promossero tenente.

Avevo un futuro, nel corpo di artiglieria dell'esercito degli Stati Uniti d'America.

Ma il futuro non si addice a noi irlandesi.

# 2.

## 1845: verdi colline del Texas

Erin nitrì sommessamente, e tentò di fermarsi per brucare l'erba fresca della prateria. Riley tirò dolcemente le redini, per invitarla a procedere, ma non usò gli speroni. Erin obbedì, a malincuore.

L'aveva chiamata così, la sua cavalla, incrocio tra un robusto quarter e un agile appaloosa, proprietà dell'esercito degli Stati Uniti d'America, ma evitava accuratamente di pronunciarne il nome davanti a chiunque non fosse irlandese: qualcuno avrebbe potuto intuire che era un nome in gaelico. E nientemeno che il nome dell'isola Smeralda.

Al suo fianco cavalcava il capitano Aaron Cohen, che gli aveva chiesto – anche se avrebbe potuto semplicemente ordinarglielo – di uscire con lui di pattuglia per una ricognizione avanzata.

Riley guardava quei campi verdi, fertili, la vallata rigogliosa di alberi da frutta e piccoli appezzamenti coltivati, e pensò all'idea sbagliata che si era fatto quando aveva ricevuto l'incarico operativo di trasferirsi in Texas: credeva di dover affrontare piane sabbiose, aride, brulle. Ora sapeva che nel Texas, immensamente vasto, c'erano anche zone desertiche, ma aveva finalmente capito perché si potesse scatenare una guerra per impossessarsi di quello stato benedetto da Dio. Offriva ogni possibilità di allevamento e agricoltura, e gli avevano detto che il mare sulle coste era pescoso. E poi fiumi, zone paludose... insomma, acqua in abbondanza. Certo, non arrivava a quell'Eden in terra di peccatori che era la California, col suo clima ideale, ma anche il Texas prometteva ricchezze inesauribili a chi avesse saputo sfruttarle.

"Tenente Riley, perché sorride?"

Si irrigidì: non si era reso conto di sorridere.

"Pensavo alla California."

"E questo la fa sorridere?"

"Immagino fosse sarcasmo, il mio."

Il capitano Cohen si incuriosì.

"Mi faccia capire."

Riley si strinse nelle spalle.

"Pensavo che questa guerra per il Texas è solo un pretesto. A voi interessa soprattutto la California."

Il capitano lo scrutò di traverso.

"A *noi?* Cosa intende dire? Per quanto mi riguarda, sto soltanto obbedendo agli ordini. E la California è ben lontana da qui."

"Già. Ma tirerete una bella riga sulle mappe, fino al Pacifico. E lei lo sa meglio di me."

Continuarono a cavalcare al passo, in silenzio.

"Tenente Riley, le ho chiesto di venire con me in ricognizione perché volevo parlarle di questioni alquanto serie."

Riley si voltò a guardarlo, in attesa del seguito.

"Sa bene che nutro per lei stima come ufficiale e come uomo..."

Riley cominciava a temere il peggio.

"Ma conosce i regolamenti. E lei, tenente... ha rapporti confidenziali con i nostri soldati e sottufficiali irlandesi. La considerano un punto di riferimento, e... Insomma, tenente, andiamo al sodo: cosa diamine state cospirando?"

Riley tirò le redini e Erin si bloccò puntando le zampe anteriori.

"Cospirando?" ripeté in tono risentito.

"Avanti, per favore... Speravo di essermi guadagnato la

sua fiducia, in questi anni sotto le armi. Ormai se ne sono accorti anche quelli del quartier generale, e io, come può immaginare, sono sottoposto a continue pressioni. Non potrò coprirvi ancora a lungo."

"Capitano Cohen: in cosa e per cosa ci starebbe coprendo? I miei uomini subiscono punizioni assurde e ingiuste per un nonnulla, e lei ci starebbe... *coprendo*?"

Il capitano si tolse il berretto e si asciugò il sudore dalla fronte, sbuffando spazientito.

"Per favore, piantiamola di fingere di non capire e parliamoci chiaro: quello che all'inizio si poteva definire 'malcontento', tra i soldati irlandesi, sta assumendo forme preoccupanti, di vera e propria sedizione, e temo che stiate meditando di disertare. Tenente Riley, credete di essere gli unici a subire ingiustizie? Si rende conto che nell'esercito degli Stati Uniti ci sono uomini provenienti da innumerevoli nazioni e tutti si sentono discriminati, esclusi dalle promozioni, puniti arbitrariamente? Le assicuro che voi irlandesi siete in buona compagnia!"

Riley scosse la testa, riprendendo ad avanzare con una leggera pressione dei talloni.

Cohen fece altrettanto, mettendosi al suo fianco.

"Quella americana è una società complessa, tutta in divenire, animata e sorretta da ottime intenzioni. La nostra è una democrazia acerba, certo, ma dobbiamo darle il tempo di crescere, maturare... il cammino è lungo, e purtroppo gli errori sono inevitabili... Capisce cosa intendo?"

Riley annuì.

"Oh, sì, lo capisco eccome. Nel corpo di spedizione ci sono polacchi che parlano tra loro in polacco, tedeschi che parlano tra loro in tedesco, e poi italiani, francesi... ma solo se due irlandesi parlano in gaelico, vengono condannati a venti frustate. O non è così, capitano Cohen?"

Il capitano fece una smorfia contraendo la mascella e guardò verso il cielo.

"Sì, forse è così, tenente Riley, ma il mio nome e cognome non le dicono niente? Crede davvero di avere l'esclusiva della discriminazione? delle umiliazioni? Può lontanamente immaginare cosa abbia dovuto sopportare io, che mi chiamo Aaron Cohen, a West Point?"

Il tenente Riley lo fissò negli occhi, prima di dire:

"E chi glielo ha fatto fare?".

"Ecco il punto: me lo ha fatto fare la convinzione che questa può diventare una grande nazione non solo militarmente e territorialmente, ma anche e soprattutto come esempio di società multirazziale e multireligiosa, un esempio per il resto del mondo! Ma per riuscirci dovremo stringere i denti, maledizione, dimostrare forza di volontà e una tempra d'acciaio! E non piagnucolare ogni volta che un sergente nativo reprime un soldato irlandese perché si esprime in una lingua proibita dal regolamento! Fa parte delle *rules of engagement*, e lei quelle regole le ha sottoscritte come tutti al momento di arruolarsi."

Riley si accese un sigaro. Poi con un cenno di scusa ne offrì uno al capitano, che, un po' riluttante, alla fine accettò.

Lasciandosi alle spalle volute di fumo aromatico di tabacco messicano del Veracruz, i due continuarono a cavalcare appaiati.

Poi il tenente Riley ruppe il silenzio.

"Ha detto multirazziale... Be', capitano, in tutta sincerità: in quella che chiama una grande nazione, c'è una razza che fa da schiava ai bianchi e viene trattata a frustate, e un'altra, quella degli indiani, che viene presa a fucilate e ha solo un futuro. Estinguersi. In quanto a noi immigrati, be', non prendiamoci in giro: irlandesi, italiani, polacchi, poco importa... A comandare sono i nativi anglosassoni, quelli che da almeno due o tre generazioni nascono qui e si sentono in diritto di dettare legge. Ci considerano pezzenti e miserabili che rubano loro il lavoro, portano malattie, infettano l'ambiente e professano religioni retrograde. Noi siamo zavorra, siamo un ostacolo al progresso dei nativi. Non c'è posto per noi, in quel progetto di grande nazione di cui parla."

"Ma che dice? Si guardi le spalline: lei, Riley, irlandese, è tenente, e io, Cohen, ebreo, sono capitano. Le pare che possiamo lagnarci? Siamo ciò che siamo perché abbiamo la tempra per esserlo! Di questo si tratta, di tempra."

Riley gli rivolse uno sguardo che, per quanto cercasse di controllarsi, risultò di profonda commiserazione.

Eppure lo stimava, quell'ufficiale. Malgrado tutto, era l'unico con cui poteva aprire il suo cuore senza tema di ritorsioni.

"Capitano, è lei che non capisce: io potrei benissimo continuare a obbedire agli ordini e a chiudere entrambi gli occhi, e magari, nonostante sia irlandese, continuare a fare carriera. Ma quello che succede qui...", e indicò con un gesto la vastità del paesaggio, "le atrocità che stiamo commettendo, i civili massacrati senza motivo, le bambine stuprate, le case incendiate, i contadini costretti alla deportazione, all'esilio, loro che qui vivono da sempre... Come fa a non comprenderlo, proprio lei, che dovrebbe avercelo nel sangue, il ricordo della persecuzione?"

Il capitano Cohen tirò le redini. Evitò lo sguardo di Riley. Fissò un punto nel nulla, al di là delle colline boscose. Annuì.

Poi, la sua voce fu poco più che un sussurro.

"Io ce l'ho sempre, quel ricordo nel sangue. Ma non mollerò mai. Io non mi lascerò tagliare fuori da questo sogno di nazione, ne farò parte, lotterò perché si avveri e per conquistare il mio posto e i miei diritti. Se me ne andassi, se mi arrendessi, tutte le umiliazioni patite, tutti i soprusi sopportati, sarebbero stati vani, inutili. Ci pensi, tenente Riley. Senza quelli come me e come lei, prevarranno i peggiori."

Rimasero a scrutare la vallata, ognuno assorto nei propri pensieri.

"Io non dimentico nulla, nulla!" disse Cohen all'improvviso, con voce vibrante. "La memoria è tutto. Ma guai a macerarsi nei rancori."

Riley sospirò scuotendo la testa. Gettò via il mozzicone con un gesto rabbioso.

"La mia memoria, capitano Cohen, è fatta di freddo e fame, patate marce e bastonate sulla schiena. Se mi metto a ricordare, rivedo mio padre che impreca e mia madre che inghiotte le lacrime. Rivedo soldati inglesi che sparano al petto dei ragazzi cresciuti con me. E se arrivo sempre più vicino, con la memoria, vedo irlandesi ammazzati come cani rognosi nelle strade di Filadelfia. No, capitano, la memoria è una brutta bestia: preferisco lasciarla dormire, e sto ben attento a non svegliarla."

Strinse le ginocchia e Erin riprese il passo. Dopo una lieve esitazione, il capitano ordinò:

"Rientriamo all'accampamento".

Riley voltò la cavalla e partì al galoppo.

Perché gli irlandesi sono così cocciuti e incomprensibili?, pensò Cohen spronando il suo baio per tenergli dietro.

# 3.

## Adorerai il tuo stupratore

Un noto giornalista aveva scritto sull'"Herald" di New York: "Il Messico imparerà ad adorare il suo stupratore". Nell'articolo, si avventurava in un azzardato paragone con le "vergini sabine" prese con la forza dai Romani. Di fatto, per i texani delle milizie lo stupro faceva parte del bottino di guerra e di conquista.

Tornati nell'accampamento allestito ai margini di un villaggio, Cohen si ritirò nella sua tenda. Riley si attardò a carezzare il muso di Erin, aveva notato che il caporale O'Mallory era cupo in volto e smaniava per parlargli. Fece finta di nulla e si limitò a un cenno: doveva evitare di confabulare con altri irlandesi davanti a occhi indiscreti, visto che già si vociferava di "cospirazioni". O'Mallory capì al volo e si allontanò. I due si incontrarono alla vasca dove si abbeveravano i cavalli. Erin era assetata, ed emise un nitrito di soddisfazione.

"Non ne posso più, tenente. Dobbiamo fare qualcosa," sibilò O'Mallory.

"Calma. Non è il momento per i colpi di testa, te lo assicuro."

"Be', venga con me e poi deciderà", e O'Mallory indicò la baracca che serviva da alloggio ad alcuni ranger texani.

Il caporale fece il giro largo per raggiungere il retro evitando la porta d'ingresso, che peraltro era sbarrata. Riley lo seguì a distanza, riluttante: sentiva che stavano per cacciarsi nei guai e, dopo il colloquio con il capitano, sapeva di dover essere prudente.

O'Mallory sbirciò dalla finestra e fece cenno a Riley di dare un'occhiata dentro.

Voci di uomini eccitati, risate sguaiate, incitamenti, e gemiti soffocati. Si decise a guardare.

Due ranger texani tenevano ferma una ragazzina messicana, uno le premeva la mano guantata sulla bocca, mentre il sergente della milizia Cheney finiva di strapparle i vestiti per poi slacciarsi i pantaloni. Era poco più che una bambina, e si lamentava debolmente, scalciando con sempre meno vigore.

Prima che Riley potesse fermarlo, il caporale O'Mallory si precipitò verso l'ingresso della baracca, deciso a entrare. Riley lo inseguì nel tentativo di farlo ragionare per poi andare a chiamare il capitano, ma troppo tardi: il caporale aveva già sfondato la porta con un calcio. Riley estrasse la pistola d'ordinanza e rimase appostato di fianco, senza farsi scorgere da quelli all'interno.

Chiuse gli occhi: finirà male, pensò.

Da dentro, udì distintamente la voce di O'Mallory:

*"Scabhtéir gan mhaith!"*.

Anche se non ha capito che gli ha appena dato della carogna, pensò Riley, quello reagirà.

Il sergente si voltò lentamente, tirandosi su le braghe:

"Che cazzo hai detto, topo di fogna irlandese?".

Il caporale sputò per terra e aggiunse una ferale maledizione:

*"Titim gan éirí ort!"*.

Cheney afferrò un frustino dal tavolo e lo brandì contro O'Mallory, che protese il volto come per sfidarlo:

*"Sáigh suas do thóin é!"*.

Infilatelo su per il culo. Riley si rese conto di dover intervenire.

Il sergente, per tutta risposta, aveva già sferrato una scudisciata a O'Mallory in pieno viso.

Il caporale si contrasse, il bruciore alla guancia gli annebbiava la vista, ma aveva già la mano sulla pistola nella fondina. Il sergente e i due miliziani furono svelti a estrarre i revolver. E a quel punto il tenente Riley entrò nella baracca.

"Mettete giù le armi, o finirete davanti alla corte marziale!"

"Sacchi di merda irlandesi! Vi ammazziamo come cani e vi diamo in pasto ai maiali!" sbraitò il sergente.

Riley sparò un colpo in aria. Schegge di legno piovvero dal soffitto sulle teste dei presenti, mentre una nuvola di fumo azzurrino offuscava l'ambiente in penombra. La detonazione doveva essersi sentita a notevole distanza, o almeno così sperava Riley.

Uno dei texani sogghignò, per nulla intimorito:

"L'ottavo giorno Dio si è rilassato, ha fatto una bella cacata in mezzo al mare, ed ecco creata l'Irlanda".

Stavolta si mise a ridere anche il sergente Cheney.

Riley tentò di prendere tempo.

"Sì, potete ammazzarci tutti e due, ma qualcuno di voi ce lo porteremo all'inferno. E poi? Sono un ufficiale: chi di voi sopravvivrà, è sicuro di passarla liscia?"

I tre texani li fissavano con odio e, malgrado le facce inespressive, sembrava stessero *pensando*...

In quell'istante, echeggiò una voce imperiosa:

"At-tenti!".

Tutti si voltarono verso l'ultimo arrivato: il capitano Aaron Cohen.

"Tenente Riley! A rapporto. Mi spieghi cosa diamine sta succedendo in questa camerata!"

Alle spalle del capitano erano comparsi due soldati con i fucili spianati. Tutti rimisero le pistole nelle fondine.

Il capitano fece un cenno a Riley, per conferire in disparte.

"Allora?"

Prima che l'irlandese potesse aprire bocca, il sergente della milizia texana intervenne ad alta voce:

"Capitano, glielo dica lei che questi animali devono esprimersi nella lingua dell'esercito degli Stati Uniti! C'è una legge, per Dio!".

Cohen sospirò spazientito e sbottò rivolto ai texani:

"Quando avete un tornaconto allora tirate fuori l'esercito degli Stati Uniti, ma non mi pare che siate disposti a rispettarne le regole".

Poi prese per un braccio il tenente Riley, per ammonirlo sottovoce:

"Credevo di averglielo detto chiaro: ci sono regole che vanno rispettate, e nell'esercito è severamente proibito esprimersi in gaelico. Perché diamine continuate a provocarli?".

Gli occhi azzurri di Riley mandavano fiamme. "Regole? Allora mi dica chiara un'altra cosa, capitano: nel nostro esercito si autorizza lo stupro delle ragazzine?"

Cohen rimase interdetto, e Riley, con tre falcate, andò a scostare un drappo che faceva da paravento a una branda. Dietro, la ragazzina tremava e si asciugava le lacrime con il dorso della mano. Era seminuda, la veste lacerata lasciava intravedere un seno che lei tentava di coprire con l'altro braccio.

Il capitano scosse la testa, poi si rivolse ai due soldati della sua scorta:

"Mettete agli arresti quei tre depravati".

Quando il sergente gli passò davanti, sibilò tra i denti:

"Me ne sbatto dei tuoi gradi, giudeo di merda. Io sono il sergente Cheney dei ranger del Texas, e noi non obbediamo a nessun pederasta venuto dal Nord. Bada a quello che fai, se non vuoi ritrovarti un bel mattino con un coltello tra le scapole".

Il capitano sostenne il suo sguardo, quindi fece cenno ai due soldati di portarli via.

"Io non vado da nessuna parte," sbottò uno dei miliziani.

"Ci stavamo solo divertendo, e voglio finire la festa. Non prendo ordini da te."

"Uomini della scorta!" ordinò il capitano. "Pronti ad aprire il fuoco!"

I due soldati alzarono il cane dei fucili e li puntarono. I tre miliziani sghignazzarono, e il sergente sfoderò nuovamente il revolver.

Il tenente Riley lo colpì con il calcio della pistola sulla nuca e Cheney piegò un ginocchio a terra, senza perdere i sensi: la botta non era stata troppo forte.

"Ti ammazzerò, cane irlandese, ti giuro che presto regoleremo i conti..."

"Dovresti ringraziarmi," rispose Riley, "questi stavano per spararti. Ho solo evitato il peggio."

Lo sguardo iniettato di sangue del sergente Cheney confermò a Riley che, alla fine, si era davvero cacciato nei guai. E se lassù c'era un Dio, soltanto Lui sapeva quanti sforzi aveva fatto per risparmiarseli. Ma era destino, evidentemente.

Prima o poi accadrà, pensò Riley, e allora, quel giorno... *scaoil libh*. Fuoco a volontà.

*Lo spopolato Tejas, l'ambito Texas. Tutto è cominciato da lì, da quella* tierra maldita, *così bella e generosa da scatenare la bramosia dei peggiori, uomini induriti dalle privazioni e abituati a contendere ogni boccone a chi gli sta di fianco, diventando così spietati da essere pronti a tutto.*

*Li ho odiati, ma non li biasimo: anch'io, in fin dei conti, ho ucciso per il sogno di conquistarmi il mio pezzetto di terra promessa. Che oggi sarebbe qui, a Veracruz, migliaia di miglia lontano da quell'Eden che attirò anche me, maledetto il giorno in cui mi ci mandarono con il mio reggimento...*

*Leggo molto. Ho il bisogno di sapere, di capire come sia potuto accadere. Soltanto i libri di storia mi danno un po' di requie. E mando lettere agli archivi di Città del Messico, che,* milagro, *spesso mi rispondono con forbite e patriottiche spiegazioni su questo e quell'altro dettaglio. Se la sono bevuta, mi credono uno studioso della materia. E pensano che stia davvero scrivendo un testo sulla guerra e le cause che hanno portato alla* nostra *disfatta. In realtà, sono a malapena un* seanchaí, *come chiamavano i contastorie nella vecchia Irlanda. Perché lo faccio?* Quien sabe. *Per rovinarmi quel poco che mi resta da vivere, suppongo.*

*Doña Margarita, che registra su un librone i volumi che prendo in prestito alla biblioteca, qualche tempo fa mi ha detto che sto diventando un* sabio. *Ma io non sono affatto un saggio.*

*Se lo fossi, berrei meno e approfitterei di questa seconda vita che il destino mi ha riservato. Se avessi un po' di senno, apprezzerei di più l'amore di Consuelo e non resterei indifferente a quei suoi sguardi in cui leggo un misto di rimprovero e preoccupazione, quando mi vede scivolare nella solitudine dei libri e del mezcal, senza quasi uscire dalla nostra casetta in riva al mare, dove all'inizio andavo a pesca e coltivavo l'orto, accontentandomi della misera pensione che ricevo dal governo messicano per aver combattuto e perso tante battaglie. Forse agli occhi della bibliotecaria ho un aspetto da vecchio sapiente, per via dei capelli e del barbone che lascio crescere per coprire le orrende cicatrici sulle guance. Chi non conosce la mia storia non può individuare due lettere* D *in questa devastazione di pelle bruciata e pustole che mi porto sulla faccia. Quando una folata di vento mi scosta i capelli, e la barba incolta non basta a nascondere l'oltraggio, la gente pensa che sia stato il vaiolo, o il lupus, o qualche altra lurida malattia che comunque avrei preferito al marchio d'infamia che mi deturpa il volto. Marchiato a fuoco, come un manzo.*

D for Deserter. A renegade. A traitor.

*E penso costantemente ai miei compagni. Perché non mi hanno impiccato assieme a loro, condannandomi ai rimorsi del sopravvissuto?*

*D come Destino.*

*E il destino di un superstite è porsi domande. È non trovare pace. I libri, le lettere, sono l'unico anestetico... diluito nel mezcal, certo. Che però acuisce il prurito alla faccia, e Consuelo ogni tanto mi afferra la mano, e solo allora mi rendo conto che mi stavo grattando a sangue.*

*Non sono un* sabio, *né uno storiografo come credono agli archivi di Città del Messico, che rispondono scrivendo sulle buste "Licenciado Juan Reley", ma... ho appreso tante cose, e anche se non le tramanderò a un figlio le scrivo per me, senza illudermi che i posteri si interessino un giorno alla mia dannata vita. Qui a Veracruz, ho la fortuna di aver conosciuto un erudito, José María Bocanegra: don José si è ritirato in una casa sul porto a scrivere la storia del Messico indipendente e sa come sono andate davvero tante vicende che su al Nord racconteranno in modo ben diverso. O non racconteranno affatto. Lui ha spesso la benevolenza di ricevermi e di rispondere alle mie* preguntas, *e grazie a questi colloqui ho appreso tanto...*

*Sì, tutto ebbe inizio in Texas, che i messicani, dopo gli spagnoli, hanno continuato a scrivere Tejas, tanto qui la* x *di México la pronunciano aspirata allo stesso modo della* j, *la jota. Il Messico era indipendente dal 1821, ma prima, negli immensi territori del Nord, diversi coloni di origine anglosassone avevano ottenuto vaste concessioni dal governo spagnolo, e nel 1822 Stephen Austin conduceva numerose famiglie in Texas a creare insediamenti agricoli e allevamenti. Il nuovo governo messicano non li ostacolò: li considerava una risorsa, anche perché in quei territori vivevano molte comunità di Apache, Comanche, Wichita, Kiowa che attaccavano le missioni francescane e i pochi agricoltori meticci. Aumentare la popolazione del Tejas con i coloni significava opporli, fucili in mano, alle scorrerie. Si indurirono, e molto, quei coloni. Perché gli indiani, come no, li massacravano senza pietà. Oh, sì, avevano le loro ragioni, ma non potevano farci niente: il "progresso" li aveva condannati all'estinzione. Più scannavano coloni, con mogli e figli, e più coloni arrivavano. E sempre più agguerriti, sempre più determinati a strappare terre fertili e allevare vacche dove prima correvano i bisonti e i cavalli selvaggi. Ogni colono che salvava la pelle diventava un buon tiratore e un esperto cacciatore di indiani. Non c'era soluzione: da una parte e dall'altra, occhio per occhio. Ma da una parte c'erano ottime carabine, dall'altra no.*

*In quanto ai messicani... l'illusione fu che le famiglie statunitensi si sarebbero gradualmente integrate nella loro società. Che errore. E quanto l'hanno pagata cara, quell'illusione.*

*Quattromila acri per soli quaranta dollari: tale era il prezzo sancito alle* tierras tejanas *dal governo messicano. Accorsero in migliaia, dal Nord. Ho trovato alcune cifre in un testo della* Secretaría de Fomento Agrícola: *nel 1827 erano dodicimila, nel 1837 oltre trentamila, contro i soli ottomila abitanti messicani. Il primo problema sarebbe sorto con la legge del 1829 che bandiva la schiavitù: molti coloni nordamericani si erano portati i loro schiavi e continuarono a sfruttarli ignorando qualsiasi legislazione di questo paese, che, dannazione, li ospitava. Non solo: si rifiutavano di pagare le tasse e giravano armati nonostante anche questo fosse proibito dalla legge messicana. Intanto, a Washington si parlava di Destino Manifesto... Il Destino, sempre il maledetto destino... quello che secondo la nuova borghesia della East Coast sanciva la superiorità della razza anglosassone su quella latina e il diritto di dominare i territori a sud, fino alla Dottrina Monroe – "l'America agli americani", intesa come subordinazione dell'intero continente agli interessi degli Stati Uniti.*

*Tutto ciò appoggiato da una feroce campagna dei giornali delle principali città, da New York a Washington, da Boston a Filadelfia e Baltimora, che dipingevano i messicani come pigri, incapaci, ubriaconi, mezzosangue che ereditavano dagli* indios *il peggio dell'indolenza e della perfidia... ed erano pure cattolici. Perché scomodarono anche la religione, per la crociata alla rovescia. Bibbia alla mano, i coloni protestanti del Texas erano convinti di compiere una missione divina: la terra non sfruttata era un'offesa al Signore, e se i messicani non la coltivavano, andava loro tolta, con le buone o con le cattive.*

*Cattolici. Agli occhi dei protestanti eredi dei puritani, madonne e santi erano una sorta di culto pagano, un'idolatria. In certi casi distruggevano tutto, persino i Gesù crocifissi, tenevano in una mano il Vecchio Testamento e nell'altra la pistola, convinti che i cattolici fossero trogloditi, papisti contrari al progresso, insomma... ottimo pretesto per mettersi alla testa di bande sanguinarie: se ammazzi un pagano, neanche commetti peccato. Gli indiani non hanno l'anima. E i messicani non possono avercela, venerano idoli di cartapesta, legno, terracotta... Se ammazzi un animale senz'anima, Dio lo prende per un sacrificio e ringrazia dandoti una buona mira.*

*Quando il governo tentò di far applicare la legge contro il porto d'armi abusivo, i coloni texani presero a sparare su qualsiasi funzionario provasse a disarmarli. Il 2 marzo 1836 Sam Houston, che aveva abbandonato la carriera politica nel Tennessee per stabilirsi in Texas, proclamò l'indipendenza dello stato dal governo federale messicano, mettendosi alla testa delle milizie dei coloni. A governare il Messico, purtroppo, c'era Antonio López de Santa Anna, generale passato dagli spagnoli agli indipendentisti, improvvisatosi politico ambizioso, sicuramente non lo statista di cui il paese avrebbe avuto bisogno in quel frangente. Assunse il comando dell'esercito e marciò alla volta del Texas. Sarebbe bastato quel viaggio, a decretare il fallimento dell'impresa: migliaia di chilometri attraverso montagne e deserti, per truppe male equipaggiate, quasi tutte reclute di una giovane repubblica che faticava a consolidarsi e a rimettersi in sesto dopo il dissanguamento delle guerre d'indipendenza. Bene o male, tremila soldati arrivarono in Texas e cinsero d'assedio la missione fortificata di San Antonio de Béxar, conosciuta come El Álamo, "il pioppo", dove si erano asserragliati duecento coloni in armi al comando del colonnello William Barrett Travis. Resistettero per tredici giorni, ma alla fine il numero ebbe il sopravvento. E nacque la leggenda dei "martiri di Alamo".*
*Oggi so che quegli "eroi" erano un'accozzaglia di tagliagole, trafficanti di schiavi, alcolici e armi, ladri di bestiame e* desperados, *ma ormai era fatta: il Texas aveva la sua epopea e la sua parola d'ordine,* Remember Alamo! *Un'epopea basata su una grande menzogna. Ho conosciuto soldati e ufficiali messi-*

cani che ad Alamo c'erano, e mi hanno raccontato la vera storia di quegli "eroi".

Jim Bowie è stato catturato nel bordello del villaggio vicino mentre era a letto con una señorita, e aveva inutilmente tentato di spacciarsi per un pacifico uomo d'affari – cosa che in un certo senso era: comprava e vendeva schiavi. Quando si ubriacava diventava violento e pestava la prostituta di turno, tanto che furono alcune donne a denunciarlo ai soldati messicani che poi lo fucilarono. Davy Crockett non morì combattendo: quando lo trovarono era disarmato, giurava di essere un commerciante capitato lì suo malgrado, era rimasto bloccato per via dell'attacco, diceva, e negava assolutamente di esserci arrivato come volontario. Santa Anna lo fece fucilare subito. In quanto al comandante William Travis, non poté comandare un bel niente perché morì alla prima fucilata, che si prese in fronte non appena si sporse dagli spalti. Quanto è diversa, l'epopea di Alamo, se a raccontartela sono i protagonisti e testimoni diretti messicani: ma nessuno di loro avrà mai modo di smentire i texani, e ora gli interi Stati Uniti d'America, che gridano a gran voce "Remember Alamo!". Hanno inventato un mito su eroi e martiri che erano in realtà truffatori: vendevano terreni inesistenti a famiglie di coloni nelle città della costa orientale. Evidentemente i truffati non hanno avuto modo di dichiararlo ai giornali, che invece continuano a incitare alla vendetta: Remember Alamo!

E così, dagli Stati Uniti si scatenò la corsa al Texas, calarono volontari a valanghe, carichi di armi e munizioni, e per colmo di sventura, un'improvvisata armata di vendicatori al comando di Sam Houston sorprese una parte del contingente messicano in cui si trovava lo stesso Santa Anna: catturato dai texani, fu costretto, fucili puntati, a firmare ben due "trattati". Come se si potesse negoziare qualcosa, in quelle condizioni. Sui pezzi di carta si sanciva il ritiro delle forze messicane e l'indipendenza del Texas.

Intanto, il Messico doveva affrontare una serie di avvoltoi

*attratti dalle ferite aperte: la Francia inviò una flotta a bombardare Veracruz e tentò un'invasione, con il pretesto delle proprietà francesi confiscate con l'indipendenza. Santa Anna, che era stato spedito in esilio per la brutta figura fatta, tornò per mettersi ancora una volta a capo dell'esercito e sconfisse le truppe francesi per poi atteggiarsi a salvatore della patria, lui che aveva perso il Texas per pura e semplice inettitudine. Nello Yucatán gli indios, trattati come schiavi dagli eredi degli spagnoli, si ribellavano: i commerci con Città del Messico diventavano di conseguenza sempre più difficoltosi e la capitale era ormai allo stremo. Per giunta, tutte le potenze esigevano l'immediato pagamento dei debiti contratti con l'estero, portando il paese sull'orlo della bancarotta. A Washington – correva l'anno 1844 – James Polk veniva eletto presidente su un programma che prevedeva l'annessione del Texas, ratificata nel dicembre del 1845.*

*Il Messico annunciò che l'annessione sarebbe stata considerata una dichiarazione di guerra. Detto, fatto. A parte soddisfare le mire dei riottosi tagliagole del Texas, si prospettava la conquista di luoghi strategici per i commerci come Santa Fe, o economicamente fiorenti come la California: un'occasione imperdibile. Per salvare la faccia, il presidente Polk offrì al Messico cinque milioni di dollari per il New Mexico, che non si chiamava ancora così, e venticinque milioni per la California. Prendere o lasciare. L'opinione pubblica messicana insorse, il governo rifiutò. Polk si sentì sollevato: poteva inviare l'esercito e lasciare quei trenta milioni nelle casse dello stato.*

*La guerra fu dichiarata.*

*Io, quel giorno, ero già passato dall'altra parte.*

# 4.

## Old Zack

Zachary Taylor se ne stava seduto sulla sedia a dondolo sotto la tettoia della casa che aveva preso come alloggio e quartier generale. Odiava indossare l'uniforme, era scomoda e lo impacciava nei movimenti; come suo solito, portava una giacca sdrucita di panno marrone, larghi pantaloni da boscaiolo, stivali sformati, un cappellaccio di paglia sfilacciato e l'immancabile fazzoletto al collo di un colore indefinito, sudicio e bisunto.

A sessantun anni, basso di statura e sovrappeso, capelli bianchi, aveva l'aspetto di un nonno bonario, tanto che i suoi uomini lo chiamavano Old Zack, mentre ai tempi delle guerre indiane si era guadagnato il soprannome di Rough and Ready, perché con i Black Hawk e i Seminole si era dimostrato alquanto "ruvido" e pronto a colpire: ma sebbene i motivi per essere fiero di lui fossero ben pochi, considerati i massacri di donne e bambini nativi di cui si era macchiato, il presidente Polk lo teneva in alta considerazione e gli aveva affidato il comando in capo delle forze statunitensi in Texas.

Old Zack mal sopportava il caldo, e lo si vedeva spesso seduto a prendere un po' di refrigerio all'ombra della veranda. Si narrava che un giorno, mentre se ne stava lì in maniche di camicia a oliare e affilare la sciabola d'ordinanza, un giovane ufficiale della Virginia lo avesse scambiato per un vecchio attendente e gli avesse chiesto di chi fosse quella sciabola.

"Questa? Be', è del generale," aveva risposto lui, sornione. "Allora daresti una pulita anche alla mia per un dollaro?" "D'accordo." E quello gli aveva lasciato la sua sciabola. Tornato l'indomani a ritirarla, aveva chiesto dove fosse il generale. Old Zack, con un gesto stanco, si era alzato, aveva preso la giubba militare con i gradi appesa alla spalliera e si era presentato. Di fronte allo sconcerto e all'imbarazzo del giovane ufficiale, aveva porto la sciabola perfettamente lustra e teso l'altra mano: "Comunque, lei mi deve un dollaro".

Il generale Taylor alzò lo sguardo verso il nuovo arrivato: sospirò, con affaticata rassegnazione, e accese la lunga pipa di caolino; lo aveva convocato per un colloquio informale e possibilmente amichevole, ora sperava di non rovinarsi il pomeriggio, con quell'energumeno scontroso che avrebbe tentato di far ragionare. Ma è mai possibile far ragionare un texano?, si chiedeva Zachary Taylor rispondendo stancamente al saluto militare.

Il sergente Cheney aveva una pezza di cotone intrisa di sangue sulla nuca, che spuntò quando si tolse il cappello di feltro sormontato dalla penna di tacchino. Il generale ignorò il dettaglio della medicazione e disse affabile:

"Va tutto bene, sergente?".

L'altro grugnì qualcosa e poi ribatté:

"Tutto bene un accidente. Quel suo capitano giudeo ha osato mettermi agli arresti, assieme a due dei miei uomini. Non deve più accadere, intesi?".

Old Zack fece un mezzo sorriso e lo invitò con un cenno a sedersi sulla panca accanto alla sua sedia a dondolo:

"Suvvia, non esageri: è rimasto in gattabuia solo qualche ora. L'ho mandata a chiamare appena ho saputo della sua... controversia con il tenente Riley".

Cheney si sedette e lo guardò negli occhi, serissimo.

"Vuole sapere come la penso, generale Taylor?"

"No, i suoi pensieri non mi interessano," lo interruppe

bruscamente il generale, "a preoccuparmi sono i suoi comportamenti."

Il sergente rimase spiazzato, indeciso se infuriarsi e andarsene o proseguire.

"Glielo dico lo stesso: se l'esercito dell'Unione è tutto così, cioè un'accozzaglia di irlandesi, polacchi, italiani e Dio sa quale altra marmaglia di morti di fame venuti dal Vecchio Mondo, allora era meglio difenderci da soli, perché con quelli lì i messicani vi romperanno il culo!"

Il generale si irrigidì. Poi ritornò impassibile.

"Anche di questo volevo parlarle. Il suo odio viscerale per i messicani ci sta creando problemi. Ho ricevuto un dispaccio dallo stato maggiore che mi esorta in modo perentorio a ristabilire l'ordine e a punire severamente qualsiasi atto di violenza gratuita sui civili."

Cheney sbuffò.

"Lei li chiama civili, ma sono *guerrilleros*: attaccano a tradimento, ci sparano alle spalle... che cosa dovremmo fare? Solo perché non indossano una divisa, quei banditi andrebbero considerati 'civili'?"

Il generale lo squadrò di traverso.

"Per favore, non mi prenda in giro: stuprare ragazzine non fa parte della legittima difesa da attacchi di forze irregolari, per non parlare di certe vostre bravate, come quella dell'altro giorno, quando uno dei suoi ha orinato nel calice durante una messa cattolica e ha costretto il prete a berselo!"

Cheney inarcò le sopracciglia folte, assumendo un'espressione tra il divertito e il finto rammarico.

"Be', generale, che cosa le posso dire... a volte i ragazzi si lasciano andare..." Poi gonfiò il petto e tornò serio: "Ma non se lo scordi mai che tra i martiri di Alamo e di Goliad c'erano tanti nostri cari amici, uomini che hanno dato la vita per la libertà di queste terre. E i messicani li hanno fucilati come cani rognosi. Quelli ammazzano i prigionieri! E noi, ogni volta che ce li vediamo davanti, ricordiamo le carognate che hanno fatto".

Taylor annuì, conciliante.

"A fucilare quegli uomini che, beninteso, io considero eroi e martiri, sono stati i militari messicani: vendicarsi sui civili può rivelarsi controproducente. In fin dei conti, verranno inglobati nella nostra grande nazione e ne diventeranno cittadini a tutti gli effetti."

Cheney fece una smorfia e sputò il grumo di tabacco che stava masticando.

"Generale, non mi starà diventando pure lei un politicante? I messicani, cittadini dell'Unione? Piuttosto, preferisco che il Texas rimanga indipendente! Quelli sono feccia, un branco di scansafatiche, per giunta idolatri e superstiziosi. Al confronto, i nostri negri sono grandi lavoratori, e comunque meno riottosi e portati a piantarti una pallottola nella schiena. I miei uomini non stanno rischiando la pelle per vedersi poi dei messicani come cittadini a pari diritti... no, generale, questo non lo accetteremo mai."

Zachary Taylor emise una voluta di fumo dalla pipa e scosse la testa.

"Sergente, non corra troppo. Abbiamo bisogno anche dei braccianti messicani per coltivare queste vaste terre fertili, i vostri negri non saranno mai sufficienti. Per di più, molte nazioni stanno bandendo la tratta degli schiavi: è ineluttabile, i flussi dall'Africa diminuiranno fino a scomparire, la Storia va in questo senso di marcia e non possiamo farci nulla. E in ogni caso, non si preoccupi: i messicani sono meno numerosi dei coloni americani. Ma ci torneranno utili, mi creda."

"Me ne sbatto se sono pochi o molti: hanno un sacco di spazio a sud del Río Grande e possono benissimo spostarsi laggiù. Il Texas è nostro, punto e basta."

Il generale annuì lentamente, con un mezzo sorriso enigmatico. Alla fine, mormorò:

"La capisco, sergente. Adesso lei è esacerbato dalla guerra, e non si può pretendere lungimiranza da chi combatte... Ma le assicuro che ai texani converrà, e *molto*, far parte dell'Unione".

Cheney scattò in piedi, spazientito.

"Esacer... ah, per Dio, certe volte neanche capisco che diamine sta dicendo! Io so soltanto una cosa: quelle carogne hanno fucilato tutti i prigionieri superstiti delle battaglie di Alamo e di Goliad. E, per me, questo basta e avanza per pretendere occhio per occhio e dente per dente. Persino i più miserabili contadini fingono di accoglierci da liberatori, fanno sorrisini e salamelecchi e poi ci sparano alle spalle o ci affettano a colpi di machete! Glielo dico chiaro e tondo, generale: come ai tempi delle guerre agli indiani, anche qui vale il vecchio detto... il messicano buono è il messicano morto. I miei ranger, glielo ricordo una volta per tutte, sono volontari, e hanno diritto al saccheggio dei beni del nemico e a fare ciò che ritengono utile all'andamento della guerra. Se dovessimo decidere che sotto il suo comando ci vengono negati i nostri diritti, possiamo sempre piantarvi in asso e tornarcene al di là di quel fottuto fiume Nueces!"

Il generale si drizzò sulla poltrona a dondolo e lo fissò a lungo: per la prima volta dall'inizio del colloquio, nei suoi occhi era apparsa un'ombra di minaccia. Riprese a parlare in tono secco e marziale.

"Le consiglio di non cedere a impulsi di cui potrebbe pentirsi. Se le milizie volontarie dovessero prendere una decisione scellerata, ordinerò di disarmarle... e poi vedremo come farete il cammino di ritorno senza potervi difendere da quelli che tanto odiate. Inoltre, e apra bene le orecchie, la invito a stabilire rapporti di collaborazione con i nostri soldati e ufficiali di origine irlandese, perché le sue intemperanze, per usare un eufemismo...", il sergente Cheney lo guardava storto, sempre più stizzito, "stanno creando problemi insostenibili con la bassa forza, e non solo. Si ricordi che state combattendo con l'esercito degli Stati Uniti d'America, e qui ci sono regole e leggi da rispettare."

Cheney si avvicinò al generale, lo osservava camminandogli attorno come se fosse la statua di un museo.

"Senti un po', Zack," mormorò con voce roca, mentre il generale si adombrava per quell'improvvisa confidenza non concessa, "avete voluto con voi i miei ranger per fare il lavoro sporco, per poter dire domani che purtroppo c'erano i ragazzacci del Texas a sgombrare il campo da *guerrilleros* e traditori irlandesi, mentre voialtri portavate la democrazia e il progresso in un lurido posto popolato da scansafatiche e degenerati: a guerra finita, quelli come me si prenderanno un pezzo di terra e le colpe di ogni nefandezza, mentre quelli come te, Zack, si pavoneggeranno a Washington vantandosi di aver raddoppiato i territori dell'Unione... e magari avranno pure un posto al Congresso. Ma Washington adesso è lontana migliaia di miglia, e qui vi servono i bastardi come noi. Perché in guerra è sempre così, Zack: gli ipocriti fanno carriera e i combattenti di prima linea ci mettono il sudore e le budella. Di ranger texani volontari per affrontare le pallottole ci siamo soltanto noi, di generali imbelli e codardi è piena West Point. Sono stato chiaro, Old Zack?"

Detto questo, Cheney abbozzò un saluto vagamente militare e se ne andò, calcando forte i tacchi degli stivali nell'erba.

Il generale Zachary Taylor osservò la piuma sul cappello di Cheney che ondeggiava al ritmo dei suoi passi; quindi riaccese la pipa, sospirò profondamente sbuffando il fumo dalle narici e fece un cenno all'attendente comparso sulla porta:

"Convoca una riunione dello stato maggiore".

# 5.

## Lone Star

Il Texas ottenne l'indipendenza nel 1836, dopo aver sconfitto le truppe messicane e catturato lo stesso comandante in capo Antonio López de Santa Anna in quella che fu definita dai texani "San Jacinto Battle", che in realtà non fu affatto una battaglia, ma una mattanza di uomini semiaddormentati. Reduci da El Álamo, le truppe messicane erano state spinte da Santa Anna incessantemente a nord, vagheggiando di circondare l'esercito di Sam Houston che di fatto ripiegava ed evitava sapientemente di ingaggiare lo scontro in inferiorità numerica. A quel punto Santa Anna, certo di avere davanti una campagna vittoriosa e fulminante, aveva stoltamente diviso le sue forze. E il 21 aprile 1836, giunto in un luogo ameno lungo il Río San Jacinto, il generale ordinò alle truppe esauste di prendersi una giornata di riposo. Per colmo di inettitudine, neppure si premurò di organizzare turni di guardia. Gli esploratori di Sam Houston riferirono l'incredibile: un contingente di oltre mille soldati messicani, perlopiù fanti con un reggimento di cavalleria al seguito, ronfava stravaccato sotto gli alberi di un boschetto con davanti un magnifico prato pianeggiante. L'ideale per un attacco a sorpresa.

Houston non esitò: smise di ripiegare e lanciò l'attacco. Le prime file di texani aprirono il fuoco alle quattro e mezzo del pomeriggio: le scariche di fucileria lacerarono il silenzio addolcito dal placido scorrere del fiume, e gli attaccanti rimasero stupiti dalla totale assenza di risposta. In breve, nell'accampamento messicano fu il caos. Nel giro di soli diciotto minuti, caddero seicentotrenta soldati, e settecento furono catturati. Nessuno di loro era riuscito a impugnare un'arma. La stanchezza arretrata aveva impedito qualsiasi reazione, erano troppo sfiniti per avere il sonno leggero. I texani scoprirono che un ufficiale catturato era nientemeno che Antonio López de Santa Anna, un altro prigioniero lo aveva chiamato "Señor Presidente". In quel momento, si stropicciava gli occhi davanti a una selva di fucili puntati, incredulo.

In simili condizioni, il generale presidente avrebbe firmato qualsiasi cosa. Lo chiamarono Trattato di Velasco, dal nome della località dove Santa Anna, ferito di striscio e appoggiato al tronco di un albero, si fece porgere la penna d'oca da David Burnet, imprenditore del New Jersey. Burnet era accorso in Texas annusando aria di buoni affari e, da abile politicante, si era fatto eleggere presidente *ad interim* finché Sam Houston era impegnato con le operazioni sul campo. Scatenò le ire dei miliziani texani che avrebbero voluto fucilare Santa Anna subito dopo la firma: lo accusavano del "massacro di Goliad", una battaglia vinta dai messicani che avevano catturato quattrocento prigionieri, compreso il colonnello James Fannin che li comandava. Fannin aveva fatto fortuna con la tratta degli schiavi dal Congo, che portava in Texas via Cuba, e con i lauti proventi si era comprato un grande ranch a San Fernando, per poi dedicarsi a sobillare i coloni e a reclutare volontari; intanto, truffava i suoi connazionali con false compravendite e finiva in galera a New Orleans durante un "viaggio di affari", uscendo su cauzione per tornare a fare la guerra ai *greasers*, come già allora chiamavano con disprezzo razzista i legittimi abitanti di quelle terre. Per le leggi messicane Fannin era un criminale incallito, e fu anche per questo che Santa Anna ordinò di fucilarlo; ma già che c'era, fece sbattere al *paredón* tutti e quattrocento i prigionieri, da lui considerati non soldati belligeranti ma un'accozzaglia di avventurieri che attentavano all'integrità della nazione. Dunque, dopo *Remember Alamo*, i texani avevano un altro bel mito da sbandierare ai quattro venti: i martiri di Goliad. Inutile sottolineare che, da parte loro, i texani non facevano prigionieri quando i soldati messicani si arrendevano.

Ma in quell'occasione David Burnet seppe imporsi: non potevano ratificare un trattato ammazzando settecento uomini disarmati, e lo stesso presidente che lo aveva appena firmato era abbastanza lungimirante da capire che Santa Anna sarebbe diventato a quel punto il suo migliore alleato per far ingoiare il rospo al Congresso di Città del Messico. Che peraltro si dimostrò malleabile: la sconfitta sul campo e la cattura di Santa Anna erano dati di fatto, il Texas poteva considerarsi perduto, ma *solo* il Texas, non pure il Tamaulipas... Dettaglio non di poco conto: i confini interni della federazione sancivano da sempre che il Texas, anzi il Tejas, era separato dal Tamaulipas dal corso del Río Nueces. E in un paragrafo a lungo tenuto segreto del Trattato di Velasco, i confini del Texas indipendente scendevano addirittura fino al Río Bravo – o Río Grande, come preferivano chiamarlo i nuovi conquistatori. Scoperto ciò, il governo rifiutò di ratificare il trattato e continuò a rivendicare il vasto territorio tra i due fiumi, che oltre a un'ampia fascia settentrionale del Tamaulipas comprendeva anche una porzione del Coahuila all'estremità nordoccidentale.


E così Sam Houston diventò presidente della Repubblica del Texas.

Seguirono anni non di pace e prosperità, ma di scaramucce continue con i messicani, quelli in uniforme inviati dal parlamento che non accettava il trattato firmato da un prigioniero, e pure non pochi civili che resistevano in armi alle angherie dei colonizzatori, diventando *guerrilleros*. Fu anche per proteggere le loro vite che il governo messicano tentò in più occasioni di liberare le zone meridionali del nuovo Texas – cioè il nord del Tamaulipas –, che nel frattempo veniva riconosciuto sia dagli Stati Uniti sia da diverse potenze europee. Sam Houston sapeva che il malandato esercito messicano non avrebbe mai potuto riprendersi il Texas, ma era ben cosciente del fatto che aderire all'Unione avrebbe rappresentato un'occasione d'oro per l'espansionismo statunitense, oltre ad assicurare l'intervento dell'esercito per farla finita con incursioni e *guerrilleros*, e già che c'erano, pure con gli Apache e altre etnie riottose. L'ostacolo era rappresentato dagli stati abolizionisti, che rischiavano di passare in minoranza con l'annessione del Texas schiavista. Poi venne eletto presidente James Knox Polk, noto sostenitore dell'annessione, e nel 1845 la "stella solitaria" della bandiera texana si unì al firmamento della Stars and Stripes, la ventottesima, conto pari e quattro file da sette stelle: l'estetica del celebre vessillo ci guadagnò in armonia.

Tutto era dunque pronto per cercare il *casus belli*. Il Texas – più il cospicuo pezzo di Tamaulipas tra i due fiumi – faceva parte degli Stati Uniti d'America e quindi era "normale" che l'esercito regolare creasse basi e presidi fino al Río Grande.

Fu così che molti soldati irlandesi inquadrati nell'esercito degli Stati Uniti vennero inviati nel Texas con i rispettivi contingenti. Tra loro c'era il tenente di artiglieria John Riley, al comando della compagnia K del 5° reggimento.

Nel giro di pochi mesi, si verificò un fenomeno che cominciò a preoccupare non poco i comandi dell'esercito: gli irlandesi "familiarizzavano" con i messicani, anche troppo. Agli stati maggiori giungevano rapporti di soldati e sottufficiali che si recavano a messa nelle chiese cattoliche – quelle non ancora bruciate dai ranger – o che si esponevano per difendere i nativi in dispute con i coloni, e addirittura di relazioni amorose tra militari irlandesi e donne del posto, invariabilmente denominate *"señoritas"*, che nel linguaggio castrense equivaleva a prostitute messicane, poco importava che fossero contadine, maestre di scuola, sarte, artigiane o... militanti della *guerrilla*.

Il tenente Riley manteneva un profilo basso, era prudente e benvoluto dai commilitoni, nonché apprezzato dai superiori per le capacità di mediazione e il rispetto di cui godeva come ufficiale. Su di lui non fioccavano i rapporti e le sanzioni. Ma Riley aveva conosciuto una donna, Consuelo. Stava molto attento a frequentarla di nascosto. In fondo, non c'era una vera e propria guerra in atto, e i compiti delle truppe di "appoggio" ai texani erano poco impegnativi, il tempo libero dall'addestramento e dalla corvée d'accampamento non mancava...

Non per questo cessavano i soprusi ai danni dei soldati irlandesi, anzi. La noia dell'attesa che si scatenasse "qualcosa" esacerbava gli animi, sfociando spesso in pura crudeltà da caserma. E tanti irlandesi reagivano, subendo dure punizioni: frustate e cella di rigore a pane e acqua. Venivano castigati anche quelli che andavano a messa dai preti cattolici. Di fatto il regolamento lo vietava, ma senza specificare se fosse una forma di "intelligenza con il nemico", perché i messicani nati e cresciuti nel Texas e nel Tamaulipas non potevano in quel frangente essere considerati nemici. Non ancora. Però... le azioni dei *guerrilleros* non cessavano, in risposta alle efferatezze dei miliziani texani – molti venivano da stati diversi, per loro quello era un El Dorado dove ricavare profitti senza troppa fatica e già spadroneggiavano come se il Texas fosse casa loro. E più avvenivano violenze, stupri, saccheggi, più gli irlandesi protestavano e si rifiutavano di assecondarli.

Riley osservava e taceva. Poi, cominciò a reagire a modo suo. Perché Consuelo, oltre a essere dolce e attraente, oltre a dargli conforto e tenerezza in un ambiente sempre più avverso, era in stretto contatto con la *guerrilla*... E dall'accampamento di Riley sparivano fucili e munizioni. Non era da solo, in questo. Si era formato un gruppo affiatato di irlandesi determinati a combattere dalla parte dei messicani. Nel frattempo, passavano ai *guerrilleros* tutto quello che riuscivano a trafugare dai depositi.

Consideravano il tenente John Riley il loro leader naturale. E lui faticava non poco a tenerli calmi: "Non è ancora il momento. Dobbiamo aspettare".

Finché il momento arrivò, e un nutrito drappello di artiglieri e fanti irlandesi disertò dall'accampamento, guadando il Río Bravo.

La decisione era stata presa perché i ranger avevano catturato il fratello di Consuelo in uno scontro a fuoco sui monti a ovest di San Antonio, e prima o poi sarebbero arrivati anche a lei. Consuelo era partita di notte, a cavallo, con alcuni compagni fidati che l'avrebbero condotta al di là del Río Bravo attraverso la zona desertica tra Piedras Negras e Ciudad Acuña.

Aveva dato appuntamento a John Riley a Monterrey, nel Nuevo León, entro un mese. Lui aveva memorizzato un nome e un indirizzo, lei avrebbe parlato con un contatto dell'esercito messicano per preparare il loro arruolamento. Stava nascendo il Batallón de San Patricio.

Ma questo sarebbe accaduto più avanti. Ora la nostra storia ci riporta a pochi mesi dalla dichiarazione di guerra, in Texas, dove gli irlandesi dovranno subire ulteriori soprusi e assistere a intollerabili atrocità prima di decidere che la misura è colma.

# 6.

## Iconoclasti

Mancava poco al tramonto quando lo squadrone di ranger texani tornò dalla missione urlando e sparando revolverate in aria.

John Riley uscì dalla tenda: era abituato a quei comportamenti da esagitati, nelle borracce al posto dell'acqua mettevano whisky di infima qualità o, in mancanza, mezcal rubato nelle case che avevano saccheggiato. Quando prendevano il mezcal era molto peggio, perché a furia di whisky torcibudella prima o poi crollavano addormentati, mentre il mezcal gli raddoppiava le energie e li rendeva persino più aggressivi; ma Riley intuì che stavolta non era per l'alcol che sbraitavano a quel modo. Arrivarono nell'accampamento al galoppo sfrenato e tirarono le redini di colpo, sollevando una nube di polvere. Uno di loro gettò a terra quello che sembrava un grosso sacco che aveva portato di traverso sulla sella: ma era un uomo, un giovane minuto e smagrito, coperto di sangue. Un messicano.

Riley lo riconobbe: lo aveva visto in casa di Consuelo, era suo fratello...

Poi scorse il capitano Cohen che si avvicinava al gruppo e si piazzava davanti al loro capo, un texano con i gradi da sergente dei ranger che portava un cappellaccio di feltro con una grossa piuma di tacchino. Riley lo conosceva bene: Ken Cheney, sempre lui, il fanatico che ogni tre frasi ripeteva

"*Remember Alamo!*" e sosteneva di essersi arruolato nella milizia per vendicare i suoi *brothers*, ma girava sempre con una tenaglia per cavare i denti d'oro ai morti, poco importava se messicani o ex commilitoni passati a miglior vita.

"Siamo stati attaccati dai *guerrilleros*," urlò Cheney al capitano Cohen, e intanto faceva camminare in tondo il cavallo che sbuffava e raspava nella polvere con lo zoccolo.

"Smonti immediatamente e faccia rapporto," ordinò il capitano.

Ken Cheney fece una smorfia sprezzante:

"Rapporto? Non ho tempo da perdere, Cohen, abbiamo altro per la testa, adesso. Si tolga di mezzo".

E scese da cavallo, facendo segno ai suoi di prendere il prigioniero.

Due texani smontarono a loro volta e afferrarono il giovane messicano per le ascelle, trascinandolo verso la chiesetta della missione fondata dai gesuiti, ridotta a un rudere dopo essere stata saccheggiata e in parte bruciata.

"Chi è il prigioniero?" chiese il capitano Cohen tentando di imporre la sua autorità.

Cheney si voltò a guardarlo come se fosse una bestia rara.

"Non si immischi, capitano. Quel bastardo ha ammazzato uno dei miei uomini. Ora lo interroghiamo per sapere dove si annidano quegli scarafaggi dei suoi compari. E lo faremo a modo nostro, alla maniera dei ranger del Texas!"

E impartì gli ordini ai suoi: "Quattro con me: Billy, Jack, Mad Maddox e Josh. Gli altri, liberi di andare a farvi una bevuta alla memoria del nostro povero Jason".

I texani sventolarono i cappelli in omaggio al morto e subito si diressero alla tenda dello spaccio, fermamente intenzionati a sbronzarsi *ad memoriam* del compagno caduto nell'adempimento del proprio dovere di ammazzamessicani.

"Sergente Cheney!", Cohen aveva parlato in tono imperioso, purtroppo poi nella foga la voce gli si incrinò, "i prigionieri devono essere interrogati secondo le regole militari, le proibisco..."

Non riuscì a proseguire, perché il sergente gli diede uno spintone: "Non mi rompere le palle, giudeo, o ti sparo in faccia".

E per fargli capire che non scherzava estrasse la Colt e armò il cane.

Il capitano tremava di collera, ma non reagì. Sapeva che i texani erano capacissimi di ucciderlo, non temevano nemmeno la corte marziale. Se mai qualcuno di loro fosse stato portato davanti a un tribunale militare, il ricatto era sempre lo stesso: ce ne andiamo quando vogliamo, non obbediamo a nessuno.

Il capitano continuò a guardarli finché non furono scomparsi oltre la soglia della chiesetta annerita. Poi, incrociò lo sguardo di Riley. E subito si voltò dall'altra parte, incamminandosi a passi incerti verso la sua tenda.

John Riley chiuse gli occhi, la mano destra che continuava a stringere il calcio della pistola nella fondina. Si sforzò di respirare a fondo. Aspettava che il cuore rallentasse e le tempie smettessero di pulsare dolorosamente, aspettava che la ragione prevalesse sull'istinto, impedendogli di commettere un'imprudenza.

Mezz'ora dopo, le urla che provenivano dalla chiesetta divennero insopportabili.

Riley rifletté rapidamente, sforzandosi di rimanere lucido. Se quel poveretto avesse parlato sotto tortura, Consuelo sarebbe stata spacciata. E i ranger sapevano come strappare confessioni a un prigioniero. In ogni caso, se avevano catturato lui, significava che erano arrivati vicino agli ambienti della resistenza messicana in quella zona: la vita di Consuelo era comunque a rischio.

Andò da Patrick Dalton e gli disse di chiamare a raccolta i più fidati, quelli che ormai formavano un gruppo affiatato, una dozzina in tutto: "Tenteremo di usare le baionette. Portate solo le pistole, niente fucili per non dare nell'occhio". Fecero un lungo giro, in ordine sparso, per avvicinarsi alla chiesetta da dietro, attenti a non farsi scorgere dai soldati di ronda.

Le urla si erano ridotte a deboli lamenti, dopo una serie di colpi che sembravano martellate.

Entrarono dalla sacrestia, scavalcarono travi carbonizzate e macerie, si sparpagliarono tenendosi al riparo dei confessionali rovesciati e delle panche semidistrutte, baionette in pugno.

Quello che videro li raggelò.

Il giovane messicano era stato crocifisso. Lo avevano inchiodato schiena contro schiena col Nazareno in legno, che penzolava ancora bruciacchiato, simile a un Cristo nero. Il Cristo messicano, in carne martoriata e ossa spezzate, aveva due grossi chiodi arrugginiti che spuntavano dai palmi delle mani. Ken Cheney ridacchiava.

"E adesso vedremo se fra tre giorni risorgi, pezzo di merda."

Tutti scoppiarono a ridere a squarciagola. E ingollarono altro alcol da fiasche e borracce.

"Se ti decidi a parlare, avrai una misericordiosa pallottola in testa. Sempre meglio che scoprire quanto ci ha messo il tuo idolo a tirare le cuoia, no?"

Altre risate.

John Riley scambiò un'occhiata con Paddy. Che a sua volta fece un cenno agli altri. Ciascuno di loro scelse un obiettivo. Poi Riley puntò in avanti l'indice della mano sinistra, mentre nella destra brandiva la lunga baionetta d'ordinanza: tutti pensarono la stessa frase, quasi la urlassero, *Faigh réidh leo ar fad*, ammazziamoli tutti.

Strisciarono in silenzio verso i quattro texani che in quel momento davano loro le spalle, intenti ad accanirsi sul messicano crocifisso.

Riley affondò la lama sotto la nuca di Cheney, abbattendolo come si fa con il toro nell'arena: il sergente si inarcò, il corpo come paralizzato fu percorso da un fugace brivido prima di crollare all'indietro e schiantarsi di schiena con un tonfo sordo. Contemporaneamente, Paddy tagliava la gola al secondo, quello che si accingeva a inchiodare anche i piedi, mentre gli altri due venivano pugnalati furiosamente dal resto degli irlandesi, che cercavano di tappare loro le bocche mentre li finivano. Uno dei quattro, quello che chiamavano Mad Maddox, un colosso nerboruto che aveva già ricevuto una scarica di fendenti nel ventre e nella schiena, riuscì a estrarre la pistola e a sparare un colpo.

L'eco dell'esplosione paralizzò la scena, una nuvola di fumo invase lo spazio tra l'altare e la navata.

Riley si precipitò sul giovane messicano e scosse la testa, guardando gli altri compagni. La pallottola lo aveva raggiunto al petto. Stava agonizzando. Fiotti di sangue dalla bocca e dal naso. Riley gli mise una mano sulla fronte, si chinò a sussurrargli qualche parola all'orecchio, accompagnandolo negli ultimi istanti. Infine, gli abbassò le palpebre.

Il gigantesco texano, nel frattempo, era ridotto a un ammasso di carne sanguinolenta per la miriade di lame che lo avevano trapassato.

Tutti si scambiarono occhiate apprensive: qualcuno sarebbe venuto a controllare, lo sparo era stato di certo udito nell'accampamento.

Riley si tolse precipitosamente la giberna e la giubba, abbassò le bretelle e rimase in maniche di camicia, come se fosse a riposo nel suo alloggio. Prese dalla fondina la Colt Paterson a cinque colpi, sganciò il tamburo e lo sfilò dal castello, come se la stesse pulendo. Quindi, andò ad aprire la porta.

Il caporale Goulding avanzava verso la chiesetta imbracciando il moschetto Springfield. Riley notò subito che non aveva armato il cane, ma la faccia del caporale, che nel frattempo era arrivato davanti a lui, non prometteva nulla di buono: guardingo e diffidente, squadrava Riley in attesa di una spiegazione. Lui sorrise mostrandogli il revolver.

"Non ci ho ancora preso dimestichezza, con questo arnese. Mi è partito un colpo mentre lo smontavo."

Il caporale piegò la testa di lato, e accarezzò il calcio del fucile, in un gesto di imbarazzo.

"Si è fatto male qualcuno, signor tenente?"

Riley scosse la testa e si strinse nelle spalle.

"No, per fortuna. Sono qui da solo."

Il caporale aggrottò la fronte.

"Da solo? Mi scusi, signore, ma... dove sono finiti i ranger che... sì, insomma... quelli che stavano interrogando il prigioniero..."

Riley capì che non c'era scampo: non lo avrebbe mai convinto ad andarsene senza fare rapporto.

"Caporale Goulding, quando sono venuto qui era tutto finito. Il prigioniero... be', non ha retto all'interrogatorio. Lo hanno ammazzato, tanto per cambiare. Venga dentro e guardi con i suoi occhi come lo hanno conciato."

Il caporale si guardò intorno, quasi cercasse testimoni o aiuto. Non c'era nessuno nel raggio di un centinaio di metri, e di fronte al superiore non ebbe il coraggio di chiamare qualcuno dei suoi uomini. Riley fece un ultimo tentativo.

"Goulding, lei non mi crede, glielo leggo in faccia. E va bene, le dirò la verità: quando sono entrato qui i ranger se n'erano appena andati, convinti che il prigioniero fosse già morto. Ma quello respirava ancora, lo avevano inchiodato a una croce, e io ho fatto ciò che al mio paese si chiama carità cristiana: ho alleviato le sue sofferenze sparandogli un colpo al cuore. Ora, che intende fare? Rapporto a me, a loro, o lasciamo perdere e ce ne torniamo nei nostri alloggi?"

Il caporale serrò le labbra e continuò a fissare Riley, indeciso. Alla fine sbuffò e, stringendo il moschetto con entrambe le mani, usò il pollice destro per armare il cane:

"D'accordo, tenente Riley. Mi faccia vedere quel poveraccio".

Riley si scostò per farlo passare, ma il caporale fu risoluto:

"Dopo di lei, tenente".

Lo precedette, camminando lentamente. Il caporale muoveva passi cauti, scrutando nella penombra.

I soldati irlandesi avevano seguito la conversazione con il fiato sospeso e si erano appostati. Quando il caporale varcò la soglia e fu dentro, lo bloccarono in quattro. Riley si voltò di scatto e con un gesto rapido impugnò il moschetto di Goulding all'altezza del cane: in quell'istante, la punta del percussore gli si piantò nell'incavo della mano. Aveva impedito lo sparo, ma la fitta dolorosa lo fece imprecare tra i denti: strappò l'arma al caporale, mentre gli altri lo immobilizzavano e legavano, tenendogli una mano sulla bocca perché non urlasse. Riley alzò il cane liberando la carne tra il pollice e l'indice: solo un'ecchimosi, nessuna ferita. Meglio così, pensò, perché stanotte avrò bisogno di entrambe le mani per cavalcare. Raccolse da terra la Colt e il tamburo, lo rimontò e ripose il revolver nella fondina.

Si avvicinò a Goulding, legato mani e piedi con cinture di cuoio e imbavagliato.

"Mi spiace, caporale, ma dobbiamo lasciarti qui, in compagnia dei morti."

Goulding roteò gli occhi verso i cadaveri dei texani; poi, scorse il giovane messicano inchiodato alla croce. Ed emise un soffio dal naso, maledicendo il momento in cui aveva udito quello sparo.

"Prima o poi qualcuno verrà a liberarti. Dacci solo qualche ora di tempo per andarcene, e domani... di' pure ai superiori che gli irlandesi non hanno disertato, sono andati a combattere dalla parte giusta."

Il caporale socchiuse gli occhi, annuendo: pensava che fossero un branco di pazzi e che avrebbero fatto tutti una brutta fine, ma lui, di lontane origini scozzesi, con quei ragazzi era sempre andato d'accordo, e gli dispiaceva per il tenente Riley, che considerava una persona come si deve, oltre che un buon ufficiale.

"Ti conosco abbastanza da poter dire che sei un brav'uomo, Goulding. Spero di non dover un giorno prendere la mira su di te, laggiù a sud, di là dal Río Bravo."

Detto ciò, Riley e i suoi andarono a prendere i cavalli e tutto quanto era possibile portarsi appresso.

Dovettero tramortire la sentinella che montava la guardia al recinto. Coprirono gli zoccoli dei cavalli con stracci per attutire il rumore.

Erin non nitrì. Avvertiva nell'aria della notte odori minacciosi di coyote, l'udito fine le rimandava il suono conosciuto dei sonagli di un crotalo, eppure, quasi capisse la cruciale importanza del silenzio in quel frangente, rimase calma, portando in salvo l'uomo che la trattava sempre con rispetto, e spesso con tenerezza.


Si mossero a piccoli gruppi. In tutto erano una cinquantina di uomini, in maggioranza irlandesi, ma al piano di fuga approntato negli ultimi giorni avevano aderito anche alcuni polacchi, diversi tedeschi e tre italiani. Era la prima diserzione di rilievo dai ranghi dell'esercito statunitense, ma molte altre sarebbero seguite nei giorni a venire. E laggiù, al di là del Río Grande, Río Bravo, altri irlandesi trapiantati in Messico – assieme a non pochi scozzesi, persino alcuni cittadini statunitensi residenti in Messico e immigrati di vari paesi europei – si sarebbero uniti a loro, arruolandosi sotto la bandiera tricolore con l'aquila, il serpente e il cactus: erano determinati a difendere quella che per loro era una nuova patria, minacciata da una vera e propria guerra di invasione.


La mescolanza di nazionalità fece sì che qualcuno cominciasse a chiamarli Legión de Extranjeros. Ma a loro non piaceva, evocava un'armata di avventurieri o, peggio ancora, di mercenari. Oltretutto, gli irlandesi un nome ce l'avevano pronto fin dall'inizio: Batallón de San Patricio. Gli altri, quelli che parlavano una babele di lingue poi unificata dallo spagnolo dei messicani, furono d'accordo: con quel nome vennero inquadrati nell'esercito messicano, godendo di relativa autonomia perché non appartenevano a una divisione. Molti di loro erano artiglieri, e fu quella la principale destinazione sulla linea del fuoco: serventi ai pezzi e comandanti di batteria. Si dotarono di una bandiera di battaglia, verde, con ricamati in oro l'arpa celtica, il trifoglio e l'effige di san Patrizio. E la scritta *Erin Go Bragh*, Irlanda per sempre.

*Guadammo il Río Bravo in una notte di aprile senza luna, sotto un firmamento di stelle dove ci illudevamo brillasse anche la nostra. Eravamo quarantotto uomini senza patria e senza uniforme: speravamo di trovare entrambe al di là delle linee messicane. Avevamo portato con noi solo lo stretto necessario, in maniche di camicia per evitare che ci scambiassero per un drappello in avanscoperta: siamo gente abituata alle beffe del destino, ma essere presi a fucilate da quelli a cui volevamo unirci, be', sarebbe stato troppo persino per un irlandese.*

*A Matamoros c'erano tremila uomini al comando del generale Ampudia, venuti a dare manforte alla guarnigione locale. Ci avvicinammo alle sentinelle parlando in spagnolo, una lingua che ormai conoscevo abbastanza, grazie a Consuelo...* "Amigos, somos amigos irlandeses..." *Un giovane ufficiale ci stupì: sapeva di noi.* "Irlandeses! Claro, los esperabamos, adelante, camaradas."

*Più tardi avrei saputo che il gruppo* guerrillero *di Consuelo era riuscito ad avvertire lo stato maggiore messicano e a Matamoros era arrivato un dispaccio al comandante. La loro accoglienza ci allargò il cuore: abbracci,* bienvenidos hermanos irlandeses, *fiasche di mezcal,* tortillas *calde. Poi, guardandoli da vicino, il cuore si strinse: erano laceri e smunti come un esercito di spettri, divise improvvisate, pochi avevano scarpe e meno ancora stivali, ma sandali di cuoio,* huaraches *da* campesinos, *e in quanto alle armi, si vedeva subito che erano vecchie e malandate. Molti uomini se ne stavano seduti intorno ai fuochi ad affilare le baionette, con quel gesto lento e ritmico, la pietra avanti e indietro sulla lama: contavano più su quelle che sui moschetti antiquati. Avevano sulle spalle e nelle gambe centinaia di miglia a marce forzate, sguardi stanchi, occhi cerchiati che si erano ravvivati solo per manifestare quel poco di affetto a noi necessario più di qualsiasi altra cosa al mondo. Avevamo compiuto il salto nell'abisso. Tornare indietro non era più possibile. Davanti a noi, quarantotto* donquijotes *votati alla sconfitta, c'era soltanto il presente, nessun futuro: combattere, tenere le posizioni, contrattaccare, ritirarsi per riprendere a combattere... Arrendersi, mai. Eravamo disertori, la resa avrebbe significato la fucilazione sul posto. E in fin dei conti, un irlandese è troppo cocciuto e pazzo per concepire la resa.* Seasaigí go láidir, a chairde. *Non un passo indietro, compagni.*

*Chi invece non ci accolse a braccia aperte fu il generale Pedro Ampudia. Ci squadrò diffidente e chiarì subito che armi, munizioni e uniformi già scarseggiavano: dovevamo arrangiarci. "Ma potrete ben presto procurarvele dai caduti in battaglia," disse con un cinismo che mi irritò, e aggiunse: "Perché nei prossimi giorni sloggeremo gli invasori da quel ridicolo fortino che purtroppo la guarnigione di Matamoros non ha distrutto subito. Lo raderemo al suolo e ricacceremo quella marmaglia di là dal Río Nueces". Cinico e sbruffone.*

*Tra i tanti difetti di un irlandese, c'è la stramaledetta convinzione di saper giudicare un uomo a pelle, d'istinto, fin dal primo sguardo. Spesso, così facendo, si sbaglia. Ma a volte no. E l'antipatia immediata che Ampudia mi suscitò sarebbe stata confermata, ahinoi, di lì a poco.*

*Nato a Cuba, era venuto in Messico al seguito della fanteria spagnola, per poi passare con gli indipendentisti e fare carriera nel nuovo esercito messicano. Aveva comandato l'attacco a El Álamo, nel '36, e l'indomani era diventato generale di brigata su promozione di Santa Anna in persona. I suoi uomini* lo disprezzavano, e questo è pericoloso, molto pericoloso nell'imminenza di una guerra. A quarantadue anni, Ampudia godeva di pessima fama nei ranghi di prima linea: inutilmente crudele con i vinti, eccessivamente ambizioso, al punto da compromettere un'azione pur di ricavarne vantaggi personali, essenzialmente un incapace sul campo. Con il tempo, avrei anche saputo che diversi dirigenti della resistenza in Texas e personaggi autorevoli di Matamoros avevano inviato dispacci urgenti nella capitale richiedendone la rimozione dal comando. Lo stato maggiore allora mandò seduta stante il generale Mariano Arista, che godeva di grande rispetto tra ufficiali e soldati e di ottima reputazione in combattimento. Purtroppo, l'ordine era di fornire "appoggio" ad Ampudia, non di sostituirlo al comando. E Ampudia, pur di impedire che qualsiasi merito andasse ad Arista, lo teneva ai margini e faceva il contrario di ciò che l'altro consigliava.

Quella notte non rimasi prudentemente in silenzio. Di fronte alla smargiassata del generale, ribattei che il nemico aveva artiglierie micidiali e che le difese di Fort Texas non andavano sottovalutate. Ampudia alzò un sopracciglio: "Se volete unirvi a noi, bene, non posso impedirvelo perché ho ricevuto ordini in tal senso dallo stato maggiore, ma qui abbiamo bisogno di ardimentosi, non di indecisi e...". Forse stava per aggiungere una parola che preferì mangiarsi. Codardi? Accanto a me c'era Paddy, l'ormai inseparabile Patrick Dalton, e dall'occhiata che ci scambiammo il generale dovette capire che era meglio se teneva a freno la lingua.

Non aspettammo molto. Nei giorni successivi ci fu uno scontro a Palo Alto, a nord-est di Matamoros: un grosso contingente di invasori stava tornando al forte con gli approvvigionamenti depredati nei villaggi vicini, e Arista partì con la cavalleria per sbarrare il passo. Ma quelli avevano pezzi di artiglieria che piazzarono in men che non si dica e fecero strage di messicani. Intanto, Ampudia aveva ordinato alla nostra artiglieria di prendere posizione. Ero lì, e avrei pianto di rab-

*bia: le salve delle nostre batterie non raggiungevano il nemico, che spostava i pezzi, li riposizionava, caricava a una velocità doppia o tripla dei vetusti cannoni messicani, e ci massacrava. Quel giorno ci procurammo le divise, cercandone tra le meno imbrattate di sangue. I moschetti, pure, ma le munizioni servivano a ben poco, a quella distanza. Osservavo con un misto di impotenza disperata e ammirazione le manovre delle batterie statunitensi. Conoscevo chi le comandava: il maggiore Samuel Ringgold, abile ed esperto, e quel metodo lo aveva inventato lui, tanto che da allora presero a chiamarla* flying artillery, *l'artiglieria volante.*

*Eravamo in quarantotto, e ci buttammo su alcuni pezzi rimasti inerti per via che i serventi messicani erano tutti morti o feriti. "Ragazzi, diamoci da fare." Coordinazione, rapidità e una buona dose di fatalismo quando ti piovono intorno palle esplosive da sedici libbre. Ricordo che a tornare lì con i cavalli e gli affusti furono tre tedeschi e un paio di scozzesi, più un polacco che sbraitava nella sua lingua e voleva dirci di agganciare subito i cannoni. I ragazzi fecero un mezzo miracolo e ci spostammo su un crinale che avrebbe dimezzato lo svantaggio della corta gittata. C'era un boschetto, e là sotto l'artiglieria volante di Ringgold non ci aveva ancora avvistati. Attendemmo che si riposizionassero. E così fecero di lì a poco. Gli piazzammo una bordata nel bel mezzo. Centro. I ragazzi esultarono in cinque o sei lingue diverse.*

*Chissà se siamo stati proprio noi, ma credo di sì... Il maggiore Samuel Ringgold rimase gravemente ferito, e molto tempo dopo avrei saputo che era morto dissanguato. Ma ormai quel modo di manovrare le batterie facendole "volare" si era consolidato, e al suo posto misero il capitano Braxton Bragg, un militare di carriera del North Carolina graduato a West Point. Bragg aveva imparato molte cose, da Ringgold, e ce lo avrebbe dimostrato più avanti, nella battaglia dell'Angostura...*

*In quei giorni Taylor perse un altro dei suoi uomini migliori, il colonnello Truman Cross, che faceva parte del suo stato maggiore: a farlo fuori erano stati civili messicani dei* ranchos *della zona, che si erano armati per fronteggiare gli invasori. Cross, probabilmente, aveva creduto al proclama appena diffuso da Taylor, che dichiarava di voler "liberare il Messico dalla tirannia", e si illudeva che gli abitanti accogliessero lui e i suoi come liberatori. Invece, gli diedero il* bienvenido *a fucilate. Da lì in avanti, contadini e mandriani in armi sarebbero stati definiti* bandits, *neanche* guerrilleros, *come li chiamavano prima.*

*A Palo Alto non vinse nessuno. Noi non riuscimmo a sfondare le loro linee e subimmo forti perdite, mentre Taylor non poté avanzare di un metro e rimase inchiodato lì con tutte le sue truppe. In pratica, lo tenevamo sotto assedio. Peccato che, se tentavamo di attaccare, le artiglierie ci sfracellassero senza che le nostre potessero raggiungerle. Il numero di feriti e mutilati dalle granate era tale che il piccolo ospedale di Matamoros sembrava un orrendo mattatoio. Il 9 maggio ricominciammo da capo, a meno di un chilometro da Palo Alto.*

*Stavolta furono loro a sferrare l'attacco. E colsero di sorpresa le truppe comandate da Arista. Ma la colpa fu di Ampudia, che preferì far massacrare i soldati messicani pur di rovinare la reputazione del rivale. Ampudia non mosse i suoi e lasciò l'avanguardia di Arista in una piana con vaste depressioni e acqua stagnante, detta la Resaca de Guerrero. I nordamericani avevano il morale alto, credevano nelle doti di stratega del loro comandante in capo e avevano appena scoperto di essere in schiacciante superiorità rispetto agli armamenti, se non numerica. Da questa parte del fronte, invece... gli uomini erano demoralizzati sia per i contrasti tra i due generali – si aspettavano di essere piantati in asso sul campo da un momento all'altro –, sia per aver constatato che contro le artiglierie nemiche c'era poco da fare se non crepare o scappare. Le perdite messicane ammontavano, tra morti e feriti, a oltre settecento uomini, mentre gli statunitensi rimasti a terra erano meno di un centinaio.*

*Iniziammo la ritirata, prima che diventasse una rotta. Affi-
darono a noi l'artiglieria messicana da trasportare verso sud.
Ci aspettavano cinquecento chilometri su territorio semideser-
tico, tra arbusti che strappavano i pantaloni e graffiavano le
gambe, acqua scarsa e poco cibo, con i cavalli che crollavano
uno dopo l'altro, esausti. Avevamo i buoi per trainare i carri,
ma dovevamo sacrificarli per sfamarci e nel giro di qualche set-
timana finirono tutti nei calderoni dove bollivamo quella carne dura e maleodorante, perché la maggior parte delle bestie
era schiantata di fatica, ridotta pelle e ossa, e nelle fibre conservava gli umori aspri di un'esistenza grama.*

*La meta era Linares, nel Nuevo León, dove ci saremmo
dovuti unire a tre brigate provenienti dal Jalisco.*

*Nel frattempo, la marina da guerra degli Stati Uniti blocca-
va i principali porti del Messico, impedendo l'arrivo di armi e
munizioni che qualche mercante era disposto a fornire: tutto
considerato, alle potenze europee interessava che il Messico re-
sistesse e non finisse totalmente sotto il giogo di Washington.
Ma le cannoniere della marina americana affondavano qualsiasi imbarcazione tentasse di entrare in una rada. A Veracruz,
avvenne un fatto che spiega meglio di ogni altro quanto la politica di Polk fosse intelligente e lungimirante... Il generale
Santa Anna si trovava a Cuba, in esilio dopo il disastro seguito
a El Álamo, e il presidente Polk avviò con lui trattative per
farlo rientrare in Messico e assumere i poteri con il segreto accordo di favorire in tutto e per tutto gli Stati Uniti. Santa Anna
inviò a Washington un emissario, il colonnello spagnolo con
cittadinanza statunitense Alejandro Atocha, che condusse le
trattative: Santa Anna pretendeva, oltre a un concreto aiuto
per tornare al potere, trenta milioni di dollari; in cambio,
avrebbe consegnato la California e il Nuevo México all'Unione nordamericana, più – ovviamente – i territori al di là del
Río Bravo. Polk ordinò al commodoro David Conner, al comando della squadra navale che assediava Veracruz dal mare,
di prelevare Santa Anna nel porto dell'Avana e di farlo sbarca-*

re a Veracruz incolume. Nella città portuale rischiò il linciaggio, evidentemente c'era gente che non aveva la memoria corta, ma trovò militari disposti ad appoggiare la sua ennesima disavventura. Lanciò un proclama pure lui, dicendo le stesse cose del generale Taylor sui "tiranni" e asserendo che sotto il suo governo i messicani sarebbero stati liberi di eleggere chi preferivano... Sì, perché in quei mesi convulsi un altro generale, Paredes, aveva deposto il presidente e assunto i poteri, delirando di imporre in Messico la monarchia, nientemeno. Un tiranno da operetta, che ben presto avrebbero cacciato a pedate nel culo. Peccato che al posto suo arrivasse l'immarcescibile Santa Anna.

Polk, alla Casa Bianca, ridacchiava e si sfregava le mani: quando Santa Anna raggiunse Città del Messico e il Congresso gli affidò il comando operativo della guerra, seppe che, comunque si fosse comportato Santa Anna, l'invasione sarebbe stata una lunga marcia trionfale, con il solo problema di percorrere così tanti chilometri in sella da far venire i calli alle chiappe ai suoi baldi ufficiali. Certo, Polk non immaginava che migliaia di messicani in armi gliela avrebbero resa meno boriosa e poco onorevole, quella che lui immaginava come una parata, e che anche noi del San Patricio avremmo fatto piangere tante madri e vedove degli stati del Nord... In ogni caso, noi combattenti sul campo da lì in avanti avremmo avuto due avversari: la poderosa armata di Zachary Taylor e l'ambiguo, inetto e vanaglorioso generale Santa Anna. In pratica, il "nemico" marciava alla nostra testa.

A distanza di anni, tutto questo è documentato negli archivi della nazione, e persino io ho potuto visionarli quando a Città del Messico ero ancora un ufficiale dell'esercito, sconfitto ma pur sempre incaricato di "mantenere l'ordine"...

Dunque, arrivammo a Linares, cenciosi, sfiniti e affamati. Molti uomini erano morti lungo quella marcia estenuante, ma se non altro a Linares ci aspettavano truppe di rinforzo meno malridotte. Non si poteva certo dire che fossero "fresche", perché pure loro avevano dovuto affrontare le distanze sterminate del Messico settentrionale, e alla fine ci ritrovammo, fra soldati scoraggiati e generali intenti a fregarsi l'un l'altro per mettersi in evidenza al cospetto del Generalísimo, incapaci di sbarrare il passo agli invasori.

Eppure, malgrado tutto, noi irlandesi non esitammo mai. Nessun ripensamento. Continuavamo a essere fermamente convinti di aver fatto la scelta giusta. A sostenerci era l'affetto della gente, la commovente vicinanza dei civili che ci ringraziavano per aver deciso di difenderli. Ammiravamo la loro dignità, che era d'esempio a tutti noi, e in quanto ai soldati, ci dimostravano un rispetto spesso muto e fatto di piccoli gesti e sguardi. Credo si chiedessero perché fossimo andati a morire con loro, quando saremmo potuti rimanere con i vincitori, o semplicemente avremmo potuto disertare per goderci la vita in qualsiasi luogo di quel paese generoso. L'ineluttabilità della sconfitta pervadeva loro quanto noi, ma... Seasaigí go láidir, a chairde. Ni un paso atrás, compañeros.


A Linares, altri disertori si unirono a noi, e a ogni nuovo arrivo provavamo lo stesso stupore: perché affrontare tante privazioni per arruolarsi nel San Patricio, quando quegli uomini avrebbero potuto andare altrove e rifarsi un'esistenza degna? Si aggiungevano anche irlandesi residenti in Messico da anni, alcuni con moglie e figli, e io tentavo di dissuadere almeno quelli, che lasciavano una famiglia per andare incontro a ciò che nessuno confessava apertamente ma tutti pensavamo. Ancor più mi stupirono alcuni immigrati statunitensi che in Messico avevano trovato un lavoro redditizio e godevano di sicuri privilegi. Uno mi disse: "Mia moglie e i miei figli sono messicani, non potrei più guardarli in faccia se restassi indifferente di fronte a questa ingiustizia che grida vendetta". Non dico che, in passato, alcuni di loro non fossero stati avventurieri in cerca di facili fortune, però erano diventati persone stimate,

*guadagnavano bene, nessuno li obbligava a rischiare la pelle...*
*ma sentivano il dovere di difendere tutto ciò che si erano con-*
*quistati giorno per giorno, la terra, la casa, l'onore di appartene-*
*re a una nuova patria. La vera sorpresa, comunque, furono i*
*neri africani, alcuni nati nelle piantagioni degli stati del Sud e*
*altri catturati e condotti prima a Cuba e poi in America. Erano*
*tutti schiavi venduti ai nuovi padroni texani, fuggiti e arrivati*
*chissà come fin laggiù. Raccontavano di tanti fratelli affogati*
*nel Río Bravo o colpiti alla schiena dalle fucilate di ranger e*
*cacciatori di schiavi. Pochi – i più fortunati, o i più forti – erano*
*riusciti ad attraversare le linee e a raggiungere le retrovie mes-*
*sicane. Avrei appreso che, tra loro, si tramandava una leggenda*
*che narrava di africani sopravvissuti al naufragio di navi ne-*
*griere e riparati sulle coste del Pacifico messicano, dove aveva-*
*no formato comunità vivendo in pace con indios e meticci.*
*Non so quanto vi fosse di vero, per certo so che a sud di Aca-*
*pulco ci sono neri che vivono lì da molte generazioni, e anche*
*qui, a Veracruz, non manca gente con la pelle più scura.* Quien
sabe... *Di fatto, quegli uomini schiavi fino a ieri, e ora liberi di*
*scegliere dove vivere, avevano deciso di unirsi a noi perché*
*qualcuno aveva detto loro che si era formata una* Legión de
Extranjeros *che arruolava volontari. Quei neri africani di-*
*mostravano che non tutti gli schiavi erano docili e remissivi.*
*Avevano un solo difetto: odiavano visceralmente i texani, e*
*volevano vendicarsi delle umiliazioni patite e delle frustate ri-*
*cevute. Da soldato, sapevo che l'odio acceca e in battaglia porta*
*ad azioni suicide. Ma in fin dei conti anche noi eravamo pieni*
*di odio: si trattava di sottometterlo alla disciplina, per evitare*
*l'autodistruzione al primo scontro in campo aperto.*

*In agosto, eravamo passati dagli iniziali quarantotto a qua-*
*si duecentocinquanta uomini. E a me diedero i gradi di capita-*
*no. Ma essere legionari non ci piaceva, e non ci sentivamo più*
*stranieri. Eravamo "quelli del San Patricio". E l'esercito messi-*
*cano ci riconobbe come battaglione di artiglieri e fanti di prima*
*linea. Mancava soltanto una bandiera. Ne discutemmo a lun-*

*go, e anche quelli tra noi che non erano irlandesi furono d'accordo: verde come l'Irlanda, con i simboli della nostra storia. E poi, un giorno...*

*In un'assolata mattina dell'estate torrida del Nuevo León, la rividi.*

*Ci trovavamo a una dozzina di chilometri da Linares, nell'Hacienda de Guadalupe, una grande fattoria seicentesca dove ci eravamo acquartierati e addestravamo i nuovi arruolati del nostro battaglione, in attesa dell'ordine di metterci in marcia per andare a difendere la città di Monterrey. Provai un tale struggimento che per poco le ginocchia non cedettero. Diedi la colpa al caldo, ma ebbi comunque la forza di stringerla a me e tenerla fra le braccia per un tempo eterno, a occhi chiusi, sognando che non ci fosse la guerra e che io e lei potessimo andarcene a cavallo a cercare la terra che avrei coltivato, immaginando la casa che avrei costruito, dove mettere al mondo i nostri figli e sperare in quel futuro che non si addice agli irlandesi...*

*Dios mío, quanto era bella, Consuelo.*

*Si staccò da me quel poco necessario a guardarmi negli occhi, e poi ci baciammo, a lungo, ignari del viavai di soldati che ci osservavano divertiti.*

*Quando le chiesi come avesse fatto a trovarmi lì, nell'Hacienda de Guadalupe, lei fece quel sorriso e quell'espressione pícara che mi avevano fatto innamorare fin dal primo giorno. E rispose: "Sono la vostra maestra di spagnolo".*

*Consuelo mi raccontò che dopo essere fuggita con quel che restava del suo gruppo di guerrilleros, era arrivata fino a Monterrey, dove aveva fornito un dettagliato rapporto al locale comando militare sulla consistenza e l'armamento del contingente di invasione. E si era sincerata che inviassero dispacci con la massima urgenza alla guarnigione di Matamoros, avvisando del nostro arrivo. Era stato facile rintracciarmi, a suo dire il nome del "capitano Riley" godeva già di una notevole fama tra le genti e i militari della zona.*

*Le raccontai di suo fratello, di come avessi tentato di salvarlo, però non dissi nulla dei tormenti subiti e della croce... Quando venne a sapere che mi era spirato tra le braccia, sembrò provare un fugace sollievo, e mormorò: "Grazie per averlo accompagnato nell'ultimo sospiro".*

*Consuelo non scherzava, quando diceva di essere venuta a insegnarci lo spagnolo: "Non vorrete continuare a parlare una babele di lingue, nel San Patricio. I tuoi uomini devono sapersi esprimere in spagnolo per poter far parte dell'esercito messicano... o no?". In effetti, a parte gli immigrati europei che vivevano lì da tempo, tutti gli altri avevano lo stesso problema, quando arrivavano ordini dai comandi o dovevamo sbrigare le mille incombenze quotidiane. E così, ogni mattina, Consuelo radunava sotto i porticati dell'Hacienda de Guadalupe il centinaio di uomini che ancora non parlavano spagnolo e glielo insegnava, con un impeto e una simpatia che... be', lo confesso, ogni tanto ero geloso di come la guardavano, con quegli occhi sognanti di soldati tornati ragazzi.*

*Le notti, però, erano soltanto nostre.*

# 7.

## Río Grande, Río Bravo

A Washington i politici più avveduti consideravano il Texas una grana di cui avrebbero volentieri fatto a meno, ma sapevano che poteva costituire un ottimo pretesto per quell'espansione a sud di cui ormai erano fautori tutti. O quasi tutti: John Quincy Adams, sesto presidente degli Stati Uniti dal 1825 al 1829, era fermamente contrario. Principalmente perché, da acceso sostenitore dell'abolizione della schiavitù, vedeva nel Texas una minaccia; ricordando però le sue scelte politiche del recente passato, sebbene avesse a cuore il destino dei neri africani in catene – basti ricordare il celebre caso della goletta negriera *Amistad*, e l'arringa che tenne nel febbraio del 1841 ottenendo la liberazione degli schiavi a bordo –, non si poteva dire altrettanto riguardo all'asservimento dei messicani che vivevano nei vasti territori del Nord: durante il suo mandato, Quincy Adams aveva seguito la Dottrina Monroe (il dominio sull'intero continente stroncando sul nascere qualsiasi mira di potenze europee), rafforzato la presenza militare in diversi paesi, nonché ordinato le deportazioni di massa a ovest dei nativi americani... Chissà cosa lo rendeva così sensibile alle sofferenze dei neri, mentre era stato totalmente insensibile al genocidio degli indiani. A parte ciò, Quincy Adams era uno statista lungimirante: l'importanza e la notorietà che il Texas stava acquisendo lo mettevano nelle condizioni di fare da ago della bilancia nella questione abolizionista, e anche se sulla schiavitù si poteva pur sempre attendere che i "tempi moderni" facessero il loro corso, Adams intuiva già allora che l'insanabile contrasto fra l'intraprendente Nord industrializzato e il retrogrado Sud latifondista sarebbe potuto sfociare in una frattura lacerante: certo, era ancora presto per presagire il futuro scoppio della Guerra civile, ma non c'erano molti motivi di essere ottimisti. E una guerra di espansione a sud avrebbe rafforzato il Sud.

Contro l'invasione del Messico si espresse anche John Caldwell Calhoun, che era stato il suo vicepresidente; il trentasettenne deputato Abraham Lincoln tenne un vibrante discorso al Congresso denunciando la "smania di gloria militare" di chi voleva la guerra, sostenuto dall'etnologo, linguista e cofondatore della New York University Albert Gallatin, che nella carriera politica aveva rivestito l'incarico di segretario del Tesoro. Qualche altra voce contraria si levò, tra senatori e deputati, ma rimase isolata e pressoché ignorata dalla stampa, mentre l'unico a portare avanti fino alle estreme conseguenze la propria opposizione alla guerra fu il filosofo, scrittore e poeta Henry David Thoreau, che nonostante i suoi metodi di protesta civile nonviolenta si fece addirittura arrestare.

Usare il Texas come *casus belli* offriva l'opportunità di annettere lo stato che più di ogni altro allettava il governo statunitense: l'Alta California. Polk temeva le mire della Gran Bretagna sulla costa occidentale, ma soprattutto aveva ben chiara l'importanza strategica di quei porti sul Pacifico, fondati dagli spagnoli, per i commerci con l'Asia. Decise di salvare la faccia con un'offerta che il Messico non avrebbe mai accettato: venticinque milioni di dollari per la California, lasciando perdere la lunga penisola desertica della Baja che potevano pure tenersi. La cifra era appena il doppio di quanto gli Usa avevano sborsato alla Francia per la Louisiana quarant'anni prima. Ma la California era immensa e fertile, strategicamente preziosa per le sue coste, e già che c'era Polk – quasi fosse a un tavolo da poker – aggiunse cinque milioni per prendersi pure il Nuevo México: la capitale, Santa Fe, era uno snodo cruciale per i commerci nell'area. In pratica, si trattava di tirare una riga con la squadra togliendo al Messico oltre la metà del suo territorio nazionale, inglobando pure Nevada, Utah, Arizona, Colorado e persino abbondanti porzioni di quelli che oggi sono Oregon, Oklahoma e Kansas. Che fosse una proposta inaccettabile era scontato.

Infatti, prima di avviare la farsa delle trattative, già nel giugno del 1845 Polk aveva incaricato il ministro della Guerra, William Marcy, di orchestrare la provocazione ordinando al generale Zachary Taylor di prendere posizione a sud del Río Nueces, e in luglio una forza militare di oltre quattromila uomini si accampava nel villaggio messicano di Corpus Christi.

Nonostante ciò, lo scontro auspicato non si verificava. Allora, nel gennaio del 1846, le direttive di Washington a Taylor furono di raggiungere le rive del Río Grande, Río Bravo, e il passo successivo nella serie di provocazioni fu nientemeno che costruire un forte sulla sponda sinistra, Fort Texas, che poi sarà chiamato Fort Brown, su cui sarebbe sorta l'odierna Brownsville. Taylor piazzò le artiglierie puntandole dall'altra parte del fiume, su Matamoros, città fondata nel 1686 e allora piccolo centro abitato dello stato del Tamaulipas. La calcolata aggressione avrebbe finalmente dato i risultati tanto attesi.

L'esigua guarnigione militare di Matamoros ricevette l'ordine di appurare le intenzioni dei nordamericani. Le comunicazioni con Città del Messico erano tutt'altro che chiare e rapide, e da Matamoros, sull'altra sponda del fiume, dopo frenetici lavori di fortificazione si scorgevano bocche da fuoco di medio e grosso calibro. Il 25 aprile 1846, uno squadrone di cavalleria messicana guadava il fiume e si avvicinava agli invasori. L'ufficiale al comando non aveva alcuna intenzione di attaccare, sarebbe stato un suicidio ordinare la carica senza appoggio di artiglieria e fanteria, esponendosi al fuoco diretto di truppe trincerate. Era una missione esplorativa e doveva soltanto riferire cosa diamine stesse accadendo al di là del Río Bravo.

Il generale Taylor, da vecchia volpe qual era e istruito da Washington, decise di "sacrificare" un certo numero di uomini per ottenere lo scopo: senza supposti martiri e menzogne, non c'è modo di scatenare una guerra che sia opportunamente invocata da grida di vendetta di popolino e politicanti.

La scelta cadde sul capitano Seth Thornton: alla testa di una pattuglia di sessantatré fucilieri a cavallo, ricevette l'ordine di affrontare i cavalleggeri messicani. "Si faccia onore," disse Old Zack al perplesso capitano, "e non permetta agli aggressori di avvicinarsi alle nostre postazioni."

I fucilieri statunitensi aprirono il fuoco sugli "aggressori" abbattendone alcuni, ma la reazione dei cavalleggeri fu semplicemente quella che c'era da aspettarsi: sguainarono le sciabole e si buttarono sul nemico. Poco più che una scaramuccia, ma fu sufficiente: i messicani si ritirarono lasciando sul campo undici corpi di statunitensi, più cinque feriti. Difficile trovare un libro di storia che riporti il numero di cavalleggeri trapassati dalle pallottole degli uomini al comando di Thornton: molti, invece, registrano quegli undici affettati dalle sciabolate.

Il presidente Polk aveva già redatto la dichiarazione di guerra diversi giorni prima. Ora, tirando un sospiro di sollievo, convocò una riunione plenaria di Senato e Congresso per denunciare con vibrante indignazione "lo spargimento di sangue americano in territorio americano". In realtà si trattava del Tamaulipas, neanche del Texas, ma la geografia creativa di Polk era funzionale alla sua retorica patriottarda. Undici soldati con la faccia insanguinata nella polvere (più cinque claudicanti) fecero la fortuna della sua carriera politica. E degli Stati Uniti come nazione che si apprestava a diventare davvero grande, un terzo in più di quella che era allora.

Il dibattito parlamentare durò circa due ore. Furono ben pochi a sollevare dubbi, di fronte alla valanga di interventi improntati all'emotività che Polk sperava: i messicani avevano attaccato per primi, uccidendo valorosi soldati che difendevano i confini della nazione (sempre il Tamaulipas, nome sconosciuto a tutti loro), dato che il Texas era a tutti gli effetti suolo patrio. Davanti allo stato di guerra e ai *good boys* impegnati sul campo di battaglia, deputati e senatori si univano nel momento supremo e chi osava opporsi veniva tacciato di alto tradimento, o quantomeno di essere un codardo: solo l'irriducibile Abraham Lincoln osò chiedere al presidente di chiarire l'esatta localizzazione dello scontro armato. Fu ignorato, tra sporadici insulti e mormorii di scherno. Polk nascose abilmente la soddisfazione imponendosi una maschera di austera serietà, consona al momento fatidico, e lesse con voce ferma la dichiarazione di guerra.

Il testo era uno stupefacente esempio di capovolgimento della realtà, a cui la politica estera degli Stati Uniti avrebbe abituato il mondo nei decenni e secoli a venire. Oltre a ribadire il concetto cambiando leggermente i termini – "È stato invaso il nostro territorio e versato il sangue dei nostri concittadini sul nostro suolo" –, e alle frasi di rammarico iniziali che erano un capolavoro di ipocrisia – "Il forte desiderio di stabilire la pace con il Messico a condizioni liberali e onorevoli" –, si accusavano i messicani di "persecuzione" nei confronti dei coloni, compresa quella religiosa, quando erano proprio i coloni texani ad ammazzare preti cattolici e suore ovunque li trovassero. Polk asseriva di aver inviato le truppe proprio per salvaguardare l'incolumità dei cittadini dell'Unione, soprattutto in considerazione del fatto che "pagavano le imposte" ed erano inseriti nel sistema tributario nazionale, con tanto di invio di ufficiali esattori. Insomma, se i texani pagavano le tasse al governo federale, avevano ben diritto di essere difesi dall'esercito mantenuto anche dai loro quattrini... E nonostante gli immani sforzi fatti per raggiungere un accordo, declamava Polk con voce incrinata dal rimpianto, i messicani minacciavano addirittura di invadere gli Stati Uniti d'America! Cioè, la fascia di territorio del Tamaulipas tra i due fiumi. I soldati mandati laggiù garantivano dunque "il rispetto della proprietà privata e i diritti personali dei cittadini".

Un altro punto di forza della sua dichiarazione di guerra era la mancanza di reale democrazia in Messico: Polk sottolineò che al governo c'erano troppi ex militari, invadere quel paese significava di fatto donargli finalmente la vera democrazia, cosa che quei poveri ignoranti dei messicani non sapevano ancora come realizzare. Critica singolare, alla luce degli eventi futuri: non pochi generali sarebbero diventati presidenti degli Stati Uniti, a cominciare da Zachary Taylor, seguito di lì a pochi anni da Franklin Pierce, anche lui generale durante la Mexican War, che gli aveva lasciato come ricordo una cicatrice per la ferita rimediata nella battaglia di Padierna.

E aggiungeva Polk: "Hanno ostacolato i commerci imponendo estorsioni intollerabili, e ogni richiesta di indennizzo è caduta nel vuoto... eppure, abbiamo fatto ogni sforzo di riconciliazione"... Sì, perché il governo statunitense pretendeva dal Messico un'ingente somma come risarcimento per i danni subiti dai texani a causa delle "incursioni" e dei mancati proventi dei commerci, ma era disposto a essere così magnanimo da condonare il debito in cambio dell'acquisto di interi stati che, messi assieme, erano vasti quanto l'Europa.

Tutto inutile. Con voce grave, Polk si avviava alla conclusione: "Ma ora che truppe messicane hanno varcato la frontiera e invaso il nostro territorio, la pazienza si è esaurita".

Spiegò poi quali mosse strategiche avesse attuato fin dall'agosto precedente "come misura precauzionale contro l'invasione", autorizzando il generale Taylor ad accettare il generoso contributo di volontari dagli stati di Kentucky, Alabama, Tennessee, Mississippi, South Carolina, Louisiana... E Texas, *of course*.

Chissà in quanti udirono i due profondi sospiri emessi all'unisono da John Quincy Adams e Abraham Lincoln, che si scambiarono uno sguardo preoccupato quanto sconsolato: l'elenco di stati sanciva una sorta di coalizione armata del Sud, e una volta messa in marcia e temprata sui campi di battaglia, quali conseguenze avrebbe avuto sui già precari equilibri dell'Unione?

Polk accolse gli scroscianti applausi con austera sobrietà.

In definitiva, la sua non era una dichiarazione di guerra, ma la constatazione che gli Stati Uniti d'America erano stati invasi dai messicani e quindi dovevano far fronte alla proditoria aggressione.

In pratica, quel brandello di prateria davanti a un fortino sul Río Bravo fu una Pearl Harbor in anteprima.


Dunque, la parola passava alle armi.

E queste sancivano in partenza una disparità che non lasciava scampo ai messicani.

L'esercito statunitense aveva in dotazione il moschetto ad avancarica Springfield Armory 1835-1840, successivamente migliorato nella versione 1842 a percussione, con un tiro utile di oltre cento metri. L'esercito messicano usava ancora i fucili Brown Bess acquistati dagli inglesi, che nella battaglia di Waterloo avevano fatto strage delle truppe napoleoniche. Ma da allora erano trascorsi quarant'anni: la gittata del Brown Bess era corta, in pratica letale fino a una cinquantina di metri; a una distanza di cento metri, la palla arrivava in caduta come una sassata, e tutt'al più produceva un bozzo in testa. Nemmeno forava una giubba. Questo significava che le truppe statunitensi aprivano il fuoco a cento metri, falcidiando i messicani che dovevano avanzare di altri cinquanta per poter sparare.

In quanto ai volontari del Sud, e in particolare i texani, prediligevano le fide e precise *long carabines*, i lunghi fucili da caccia Kentucky che potevano trapassare un cranio a duecento metri. Certo, erano lenti da ricaricare per via delle dimensioni, ma anche come mazze nel corpo a corpo risultavano più mortiferi dei vecchi e mezzi arrugginiti Brown Bess.

Il divario era ancora più netto nell'artiglieria. Pochi e antiquati i cannoni messicani, pesanti da spostare e per la maggior parte di piccolo e medio calibro; numerosi e moderni i pezzi dell'esercito americano, che richiedevano meno sforzi e minor tempo per essere piazzati.

Malgrado tutto ciò, fin dalla prima battaglia le schiere calate dal Nord si resero conto che i messicani erano ossi duri: andavano all'assalto incuranti delle perdite e con sciabole e baionette si facevano valere. Ma a sorprendere spiacevolmente le truppe del generale Taylor fu soprattutto il micidiale impiego delle artiglierie: ben presto, scoprirono che "quelli del San Patricio" erano i più temibili avversari che potessero trovarsi di fronte.

E presero a odiarli con furore.

# 8.

## Monterrey

"Mandiamo avanti quei macellai dei texani," disse il mattino del 20 settembre 1846 il generale Zachary Taylor ai tre comandanti delle divisioni che si erano appena unite al suo corpo d'armata. Butler, Twiggs e Worth approvarono.

"Bene, signori: quel fanatico di Jack Hays non vede l'ora di spargere sangue, smanioso com'è di vendicare Alamo."

Il capitano del I battaglione Texas Ranger, Jack Hays, era un famigerato cacciatore di Comanche, che si vantava di aver vinto la "battaglia di Plum Creek" – niente di più dell'ennesimo massacro di indiani con tutte le loro famiglie. Hays inviò uno squadrone di esploratori sul lato orientale della città di Monterrey, per saggiare le difese messicane.

I ranger passarono al galoppo davanti alle fanterie appostate, scatenando inutili scariche di fucileria. I texani ci presero gusto. I fucili antiquati dei messicani avevano una gittata ridicola, e comunque era alquanto difficile colpire con quei ferrivecchi un cavaliere lanciato a spron battuto, persino se fosse transitato a distanza ravvicinata. Hays decise di inviare l'intero battaglione, per provocare una reazione consistente: già che c'erano, lungo la marcia di avvicinamento i ranger fecero un po' di tiro al bersaglio con le Colt Walker .44 sui contadini messicani, sempre sbraitando *"Remember Alamo!"*: nessuno di quei poveracci capì cosa volessero dire, un istante prima di essere ammazzato. Alcuni ranger si presero una pausa dentro le capanne nei dintorni dell'abitato, per sollazzarsi con le donne messicane che, a detta di tutti loro, in verità aspettavano solo di aprire le cosce a uno stallone texano. Il fatto che opponessero resistenza li eccitava di più. In ogni caso, alla fine dello stupro le strangolavano o, nel migliore dei casi, alleviavano la dipartita tagliando loro la gola. Oppure – gesto di estrema pietà – sparavano una revolverata in faccia.

Questo ritardò notevolmente la missione del capitano Hays. Che però alla fine ordinò di attaccare il lato est delle difese messicane, registrando una reazione a suo parere alquanto "debole".

Abituato ad affrontare tutt'al più guerrieri comanche, che ingaggiavano il combattimento in campo aperto, il capitano Hays non si accorse minimamente di quanto fosse ben guarnita la difesa della Ciudadela, una fortificazione munita di artiglierie. E quei cannoni erano i cannoni del battaglione San Patricio.

Ricevuto il rapporto entusiastico di Hays, che farneticava di attacco immediato sul lato est in quanto difeso da "un branco di messicani che non colpirebbero nemmeno una vacca legata a un palo", Zachary Taylor ordinò alle sue truppe di sfondare le linee difensive sul lato orientale della città di Monterrey.

Prima ancora che potessero avvicinarsi allo schieramento della fanteria messicana, gli attaccanti furono decimati dal micidiale fuoco delle artiglierie che dall'alto della Ciudadela spazzavano il campo. Tiro rapido e preciso, pezzi manovrati con estrema perizia, granate che centravano le schiere in avanzata aprendo varchi, e successivamente scariche a mitraglia che le disperdevano, in un marasma di corpi dilaniati e feriti urlanti. Galvanizzati dalla carneficina che stavano subendo gli invasori, i fanti messicani si gettarono fuori dalle linee difensive e, stanchi di sparare con fucili a corta gittata, contrattaccarono alla baionetta. Al tramonto, il generale

Taylor ricevette il rapporto infausto che registrava oltre quattrocento perdite, senza aver ottenuto alcun progresso nella conquista della Ciudadela. Nel frattempo, però, la divisione di William Worth era riuscita a penetrare all'interno della città su altri punti, subendo perdite meno ingenti.

L'indomani, le truppe di invasione controllavano alcune importanti fortificazioni espugnate a prezzo di duri combattimenti, compreso il palazzo dell'Arcivescovado. Qui si concentrò la controffensiva della cavalleria messicana: i lancieri del Jalisco, comandati dal colonnello Nepomuceno Nájera, tentarono di riprendere il controllo della strada per Saltillo, l'unica via da cui Monterrey poteva ricevere rinforzi. A quel punto le truppe regolari statunitensi avevano consolidato le posizioni e fecero strage dei lancieri, grazie ai moderni fucili di cui disponevano e all'estrema mobilità dell'artiglieria che erano riusciti a piazzare. Il colonnello Nájera cadde durante una carica, ma subito l'attacco venne ripreso dai lancieri del Guanajuato, al comando del tenente colonnello Mariano Moret, i quali, seppur decimati, travolsero d'impeto la prima linea del fuoco e gettarono lo scompiglio tra gli artiglieri. Lo stesso Moret, spezzata la lancia che aveva piantato nel corpo di un soldato nemico, si mise a menare fendenti con la sciabola. Dall'alto della Ciudadela, il capitano Riley seguiva con il cannocchiale quell'atto di eroismo che rasentava il suicidio, e subito ordinò ai serventi dei sei pezzi di maggior calibro di sparare una scarica nelle immediate vicinanze di quel parapiglia. Con l'esplosione delle granate a pochi metri, artiglieri e fanti della prima linea statunitense ebbero un momento di confusione generale, che permise a Moret di spronare il cavallo e tornare indietro. Quando raggiunse le linee messicane, tra lui e il cavallo avevano ricevuto quindici ferite di pallottole e colpi di baionetta.

Il 22 e il 23 settembre i combattimenti proseguirono all'interno dell'abitato, casa per casa, e spesso i soldati abbattevano i muri divisori delle abitazioni per sparare a distanza ravvicinata sui nemici, dall'una e dall'altra parte. Intanto, le artiglierie statunitensi si accanivano persino sulla cattedrale barocca, demolendone parzialmente la cupola. E i ranger texani, che si guardavano bene dall'affrontare le truppe messicane e stavano al riparo dai tiri del battaglione San Patricio, sfogavano il loro odio razzista massacrando civili: sgozzavano donne e bambini nelle case, stupravano le ragazze per poi ucciderle, individuavano le chiese gremite di persone che speravano in un rifugio inviolabile e appiccavano il fuoco dopo averne sbarrato le uscite.

Di fronte a quella carneficina di civili inermi, il generale Pedro Ampudia non resse alla pressione dei rapporti che gli giungevano dai vari punti della città, sempre più atroci: nel tentativo di risparmiare la popolazione di Monterrey, decise di patteggiare la ritirata.

E rischiò un ammutinamento: tutti gli uomini del San Patricio, all'inizio, rifiutarono di credere all'ordine ricevuto da una staffetta. John Riley radunò ufficiali e sottufficiali, e in una concitata assemblea decisero di continuare a combattere. "Non è possibile arrendersi, adesso che li stiamo decimando!" In effetti, nei tre giorni di combattimenti le forze statunitensi avevano subìto perdite pari al dieci per cento degli effettivi, la divisione di Twiggs era scompaginata, le munizioni cominciavano a scarseggiare e diventava sempre più difficile garantire i rifornimenti nell'intrico di stradine e vicoli dove i messicani avevano la meglio, mentre Taylor si stava rendendo conto che per conquistare Monterrey avrebbe dovuto sacrificare così tanti uomini da compromettere seriamente il futuro dell'invasione. Inoltre, i soldati messicani stavano guadagnando terreno, costringendo anche i ranger texani a ritirarsi e a diminuire così le stragi di civili. Ma il generale Ampudia fu irremovibile: la cattedrale era stracolma di gente, ostaggi che solo la ritirata avrebbe salvato da morte certa. A spingerlo verso quella decisione fu soprattutto il timore della reazione di Santa Anna: Ampudia aveva disobbedito ai suoi ordini, che gli imponevano di non combattere all'interno del centro abitato ma di aspettare il grosso dell'esercito da lui guidato per ingaggiare battaglia in campo aperto. Se a ciò si fosse unita la notizia che la popolazione di Monterrey era stata sterminata, Santa Anna avrebbe potuto farlo fucilare. A un passo dalla vittoria, cedeva a quel ricatto e si preoccupava di salvare almeno la pelle, se non la carriera.

John Riley si mordeva il labbro inferiore, osservando i movimenti di soldati nemici tra le macerie delle case. Stava valutando l'eventualità di una sortita dei San Patricio, per conquistare terreno e rendere meno facili i piani di resa di Ampudia. A un certo punto gli si accostò Ciro, uno dei tre italiani del battaglione, che si scrollò la polvere di dosso imprecando.

Fra il 1839 e il 1840 Ciro aveva combattuto con un suo conterraneo, un certo Garibaldi, per la libera Repubblica di Río Grande do Sul contro le truppe imperiali brasiliane. Ciro era uno dei settantatré sopravvissuti a quell'impresa eroica quanto folle. E tra i fiumi e le lagune, sui campi e nella boscaglia, aveva imparato a sparare come pochi: Riley lo riteneva il miglior tiratore del San Patricio. Ora, Ciro si era impossessato di una lunga carabina di precisione Kentucky, tolta a un texano che aveva infilzato alla baionetta, e si era premurato di prendere anche la bisaccia con le munizioni.

"Capitano, lasciatemi tentare: chill' fetiente ci sta trascinando alla rovina."

Ciro alzò la carabina come per mostrare il suo personale metodo di soluzione del problema.

"A chi ti riferisci?" chiese Riley fingendo di non capire.

"Iamm', capitano! Quel sacco di escrementi non è solo un intrigante arrivista del cazzo, quello è pure un imbecille! Se obbediamo ai suoi ordini la battaglia è persa, lo sapete meglio di me," ribatté Ciro nel suo spagnolo infarcito di parolacce in italiano.

Riley si avvicinò e lo fissò negli occhi.

"Mi stai dicendo che vorresti sparare al generale Ampudia?"

Ciro fece una smorfia e si guardò intorno.

"Oh, capitano, qua le macerie hanno orecchie, che diamine, mai fare nomi."

Riley sbuffò spazientito.

"Ascoltami bene: sei il miglior tiratore del San Patricio, e so che saresti in grado di *farlo*. Ma poi? Abbattuto il comandante in capo, rischieremmo lo sbando delle truppe, appena sparsa la notizia. E in ogni caso, ti dico di no. No, perché abbiamo giurato fedeltà al Messico. E quel sacco di escrementi, come lo chiami tu, è un generale del nostro esercito: una volta tolto di mezzo ne verrebbe un altro, probabilmente inetto e arrivista quanto lui. La tua 'scorciatoia' non è la soluzione."

Ciro si strinse nelle spalle e se ne andò borbottando. Riley lo vide appostarsi su un cumulo di detriti e prendere accuratamente la mira. Verso il nemico, per fortuna. Sparò, centrò la testa di un soldato statunitense appostato a circa centocinquanta metri, ricaricò senza fretta il Kentucky, riprese la mira... e proseguì finché non ebbe esaurito palle e polvere.


Il generale Taylor rimase sorpreso dall'offerta che gli venne consegnata da un dragone messicano arrivato al galoppo nel mezzo del tiro incrociato sventolando la bandiera bianca. Accettò, quasi senza credere a una simile opportunità, e intuendo di avere come avversario un comandante inetto – anche se lui aveva appena dimostrato di non sapere cosa diamine fare in una battaglia per espugnare una città –, rilanciò chiedendo la resa immediata della Ciudadela, dove aveva individuato il miglior contingente militare degli avversari. Era la sua condizione per un armistizio che permettesse l'evacuazione dei civili. Ampudia ci provò, a convincere quelli del San Patricio, che però risposero picche: pur essendo disposti a obbedire agli ordini del comandante delle truppe messicane sul campo – ma esprimendo tutto il loro dissenso al riguardo –, si sarebbero ritirati da vincitori, altro che consegnarsi al nemico.

Al momento di ammainare la bandiera di seta verde con l'arpa celtica e il motto *Erin Go Bragh*, Riley fece suonare la cornamusa con tanto di rulli di tamburi, e al termine della breve cerimonia otto salve di cannone salutarono il vessillo invitto che veniva poi issato su un'asta e affidato a un portabandiera a cavallo. Si misero in marcia in schieramento da parata, e lasciarono Monterrey assieme alle truppe messicane come un esercito vincitore, non certo in rotta, insegne al vento e testa alta. E con i pezzi di artiglieria trainati e i fucili in spalla, carichi e pronti a far fuoco.

Dettaglio non da poco, tra quelle fila c'erano un centinaio di nuovi disertori, che anziché disperdersi nelle campagne e sulle montagne avevano chiesto l'arruolamento nel San Patricio. Altri irlandesi, più qualche tedesco, polacco, scozzese, francese, tutti soldati dell'esercito invasore nauseati dalla strage di civili, stanchi dei soprusi subiti quotidianamente, e determinati a continuare a combattere, ma sul versante opposto. C'erano anche uomini dalla pelle nera, schiavi portati al seguito dai texani per usarli come servi negli accampamenti, e John Riley si chiedeva se fossero coscienti di rappresentare una delle più concrete e al contempo *morali* tra le cause scatenanti della guerra: il diritto a essere liberi sancito dalla Costituzione messicana, contro il diritto a mantenerli schiavi preteso e imposto dai coloni.

Dietro, di fianco e persino in mezzo agli uomini in armi, migliaia di abitanti di Monterrey lasciavano la città in un esodo muto e triste, portando con loro i pochi averi salvati dalla furia delle milizie, temendo le rappresaglie dei volontari del Texas e di tutta l'accozzaglia di feroci mercenari al seguito, senza credere minimamente al proclama del generale Taylor che garantiva l'incolumità della popolazione.

La cattedrale fu saccheggiata e data alle fiamme. Poi, l'orda di miliziani si accanì sulle abitazioni abbandonate. Molti di loro sarebbero tornati a casa ricchi: le chiese abbondavano di argento e vi si trovava persino dell'oro, nelle case c'era sempre qualcosa di un certo valore da depredare.

Conquistata Monterrey, il capitano Aaron Cohen chiese di conferire con il generale Taylor.

"Signore, avete forse autorizzato i saccheggi che le milizie stanno mettendo in atto?"

Taylor sospirò, con un'espressione di pazienza infinita, come se stesse sopportando i puntigli di un figlio impertinente.

"Ovviamente no, capitano Cohen. Ma le intemperanze dei ranger o di altri volontari non mi sembrano una questione di impellenza sul piano militare."

"Intemperanze? Signor generale, quei criminali violentano anche le bambine! Senza contare che si stanno caricando di così tanto bottino che, di questo passo, gli spostamenti diventeranno un problema. E questa sì che è una questione di 'impellenza militare'."

Il generale sbuffò, con un gesto spazientito della mano.

"Voi di West Point credete che le guerre siano dispute cavalleresche tra paladini! Capitano Cohen, mi stia bene a sentire: i volontari del Texas e di tanti altri stati dell'Unione costituiscono una forza a cui il nostro corpo d'armata non può certo rinunciare. E se per averli con noi dovremo chiudere un occhio su certi loro comportamenti poco consoni alla disciplina castrense, ebbene, da parte mia sono disposto a chiuderli entrambi. La lascio tornare ai suoi impegni di ufficiale."

Cohen, furente, scattò sull'attenti, fece il saluto e girò sui tacchi.

Taylor lo guardò allontanarsi scuotendo la testa. Ma prima che sparisse alla sua vista, lo chiamò:

"Capitano Cohen!".

Lui si fermò e si voltò.

"Si vede che non ha partecipato a nessuna guerra contro gli indiani. Adesso farebbe meno lo schizzinoso. Io, per esempio, ho combattuto i Seminole. E ho imparato che, se risparmi un ragazzino, di lì a qualche anno sarà pronto a piantarti una freccia nella schiena."

*Cosa ci aveva spinti a quella scelta senza speranza?*

*Dopo Monterrey, era ancora più difficile capire perché ci trovassimo lì, a rimuginare una sconfitta che avrebbe potuto essere una vittoria. Ci sentivamo defraudati, beffati, da Monterrey sarebbe potuta iniziare la controffensiva, se non avessimo ceduto a un abominevole ricatto e obbedito agli ordini di un generale codardo.*

*Era forse l'indole da perdenti di tutti noi irlandesi? Se c'è una causa persa, eccoci pronti, ci buttiamo a capofitto. Nasciamo in una terra di vinti, succhiamo rabbia e rancore con il latte materno, cresciamo nell'odio per gli invasori che ci obbligano a una vita miserabile mentre loro si arricchiscono con il frutto del nostro sudore, soprusi e umiliazioni sono il pane quotidiano... e intanto preghiamo un Dio che sembra stare dalla parte dei nostri nemici, illudendoci che un giorno possa volgere il suo sguardo misericordioso sull'Isola Smeralda.*

*Lo sapevamo fin dall'inizio, che ci eravamo messi con quelli destinati all'inesorabile sconfitta. I messicani non potevano vincere. Se in ogni battaglia ingaggiata avessimo sbaragliato le truppe di Taylor e poi anche quelle di Scott, che stava arrivando con un secondo corpo d'armata, da Washington avrebbero inviato altri contingenti, sempre più numerosi, e altre cannoniere a rafforzare il blocco navale. E più potevamo ammazzarne, e più aumentavano l'odio e la voglia di vendetta pompati dai loro giornali, dai loro deputati, da predicatori e cialtroni d'ogni risma. E più mercenari ancora sarebbero corsi ad arruolarsi nelle milizie dei volontari, attratti dal bottino, dai saccheggi che perpetravano ovunque...*

*Forse fu quel comune sentire tra figli di un Dio distratto, o peggio, indifferente. Di sicuro, non bastava condividere una religione, perché non è vero che passammo dall'altra parte solo per pregare chi e come pareva a noi e poterlo fare liberamente insieme a loro, i messicani. Non si rinuncia così a un futuro prossimo da reduci che ci avrebbe fruttato la cittadinanza della nazione più potente del mondo. Nessuno lo farebbe per ottenere il riconoscimento del paese più maltrattato, umiliato e calpestato delle Americhe. Lo sapevamo bene, che quella era una causa persa.*

*E allora? Dovrei scomodare il senso dell'onore, della decenza umana, dell'orgoglio che ti fa compiere le scelte peggiori, quelle che portano alla rovina? No, fu per sensibilità. Fu per colpa di come eravamo cresciuti, a patate marce e umiliazioni, fu per colpa di quella terra verde e ingrata dove ti nutri di ribellione, e non appena ti reggi in piedi già ti chini a raccogliere una pietra da scagliare contro Golia, e le gambe ti servono per fuggire, per scappare da chi ti spara addosso, e alla fine per scappare da tutto, eterni esiliati ovunque approdiamo. Sbarcammo dai clipper, dai velieri per bestiame umano, colmi di speranza nel Nuovo Mondo, convinti che lavorando sodo come eravamo abituati a fare ci saremmo guadagnati un pezzetto di spazio dignitoso. Non un pezzo di paradiso, o di terra promessa, soltanto un piccolo angolo di quiete, un tetto sotto il quale sentirsi soddisfatti e appagati dopo una giornata di lavoro, dove amare una donna e allevare i figli, senza la paura di vedersi sfondare la porta all'alba e dover scegliere tra tenere la testa alta e prendersi un calcio di fucile in bocca, o abbassarla e non riuscire più a guardare i tuoi figli negli occhi. Poter girare per le strade, con i nervi non più tesi a individuare una pattuglia che ti ferma, ti provoca e ti sbatte in cella con il più futile dei pretesti. Tanti sogni, nella stiva di quel vascello, per poi scoprire che anche lì, nel Nuovo Mondo, per noi Micks, come ci chiamavano con disprezzo – e quando lo dicevano sembrava che sputassero –, per noi teste rosse e teste calde, non c'era posto: siete troppi, portate solo malattie, ci rubate il lavoro e le terre e le case dei quartieri dove vi ammassate come topi, fate troppi figli, e per giunta... papisti. A me, che non sapevo nemmeno come* diabhal *si chiamasse il papa.*

*In fin dei conti, era vero che portavamo malattie: tutti i malanni della miseria, rogna, tubercolosi, tifo, marasma, la denutrizione ci rendeva appestati e loro ci ritenevano untori. Gli irlandesi portano malattie. Dio stramaledica gli irlandesi.*

*E sotto le armi, peggio ancora. Punizioni e celle di rigore, frustate, umiliazioni: guai a parlare in gaelico, guai a rifiutarsi di ascoltare i sermoni dei pastori puritani, guai a farsi il segno della croce davanti a una chiesa messicana mentre veniva data alle fiamme... E l'impossibilità di godere degli stessi diritti degli* anglo, *che con noi si comportavano allo stesso modo dei loro simili, i soldati di occupazione inglesi in Irlanda. Certo, ero tra i pochi fortunati. Ma i gradi di tenente li avevo ottenuti ingoiando merda in silenzio, e comunque fu prima che si scatenasse la furia contro i messicani. E dopo, è vero che molti irlandesi si erano voltati dall'altra parte, per non vedere gli stupri, i contadini usati per tirare al bersaglio, le loro povere case incendiate... Il Texas lo volevano tutto per loro, e con i messicani che ci vivevano da generazioni hanno fatto come con gli indiani: o ve ne andate, o vi ammazziamo. Ma andarsene dove? Per gli indiani non c'era scampo, nessuna terra dove riparare. I messicani, certo, potevano mettersi in marcia per un esodo di settimane e mesi, crepando di stenti lungo il cammino, come gli abitanti di Monterrey, perché la frontiera oltre la quale sarebbero stati al sicuro veniva spostata sempre più a sud, più a sud...*

*Molti irlandesi si erano sforzati di non vedere, e anch'io l'ho fatto, come no, e me ne vergogno. Molti, sì, ma non tutti. E così avevamo cominciato a parlarne tra noi. Ed era maturata la decisione, la scelta senza ritorno. Disertori, rinnegati, traditori. Traditori di quale nazione e quale bandiera? A noi non avevano dato alcuna possibilità di sentirci parte di una nazione e di riconoscerci nella loro bandiera.*

*I messicani... Fin dai primi tempi, in Texas, quando la mia uniforme non impediva loro di leggermi nel cuore... e poi, una volta adottato come figlio e fratello in armi, i messicani, e ancor più le donne messicane, mi hanno trattato come se mettessero in pratica una vecchia benedizione irlandese che mia madre dava ai viandanti ospitati nella nostra povera casa: "Che la terra apra un sentiero davanti ai tuoi passi, che il vento soffi sempre alle tue spalle, che il sole brilli scaldandoti il viso, che la pioggia cada soave sui tuoi campi, e finché non torneremo a incontrarci, che Dio ti porti sul palmo della Sua mano".*

*In queste terre e tra queste genti, avevo trovato la mia patria. Lassù, non valeva la pena vivere. Quaggiù, anche morire valeva la pena.*

# 9.

## Angostura

Erano partiti in ventimila da San Luis Potosí, il 27 gennaio 1847. Per l'esattezza, erano ventunomilacinquecento, tra fanti, cavalleggeri, artiglieri, genieri, con tutto il seguito di medici, barellieri e addetti alle furerie. I cinquemila provenienti da Città del Messico ci avevano impiegato mesi a raggiungere quella località nel deserto, ma pur sempre percorrendo strade e passando per centri abitati dove rifornirsi di viveri. Ora, dopo essersi riuniti al contingente di Ampudia che muoveva da Linares, e a quelli di Guadalajara e Guanajuato, dovevano marciare su un terreno arido e senza fiumi: neppure un torrente per abbeverare i cavalli, e intanto le scorte di acqua finivano anche per gli uomini. Il clima era proibitivo, con escursioni termiche nefaste: di notte la temperatura scendeva sotto zero, e alcuni soldati morirono per il freddo. Poi, in pieno giorno, il sole disidratava uomini, cavalli e muli.

Marciavano verso Saltillo, capitale del Coahuila, dove le truppe di invasione si erano attestate dopo la battaglia di Monterrey. Zachary Taylor, così facendo, aveva disobbedito al presidente Polk, che gli ordinava di non muoversi da Monterrey aspettando lo sbarco a Veracruz del 2° corpo d'armata al comando del generale Winfield Scott, cosa che sarebbe avvenuta già all'inizio di marzo, mettendo in atto la più grande operazione anfibia che la storia bellica ricordasse fino a quel giorno. Taylor, che aveva ambizioni politiche – coronate nel 1848 con la vittoria alle elezioni presidenziali –, considerava l'intervento di Scott una manovra di Polk per metterlo in ombra e privarlo degli onori di unico vincitore della guerra, e chiamò a sé anche il contingente del generale John Wool, che stava puntando su Chihuahua. I soldati di Wool entrarono a Saltillo ignari di rappresentare un evento memorabile nella storia della fotografia: un anonimo possessore del pesante apparato di legno ideato dal francese Louis Daguerre nel 1838 scattò le prime immagini – dagherrotipi, dal nome dell'inventore – di militari in operazioni sul campo. Ma pochi se ne accorsero, e molti continuano a credere che le prime siano state quelle della guerra di Crimea del 1853.

Intanto, si apriva un secondo fronte: ulteriori truppe d'invasione sbarcavano nel porto di Tampico, nel Tamaulipas, conquistandolo senza subire perdite. Eppure, tutti sapevano che Tampico disponeva di micidiali artiglierie costiere e di una cospicua guarnigione, alla quale si erano uniti duemila civili in armi disposti a difendere la città casa per casa. Ma Santa Anna fu irremovibile: ordinò al comandante della piazzaforte, il generale Anastasio Parodi, di abbandonarla portando con sé tutto l'armamento possibile e di convergere verso San Luis Potosí, per dare manforte alla sua armata. Poco importa che i sostenitori di Santa Anna lo giustificassero dicendo che Tampico non aveva alcun peso sull'andamento della guerra e che il Tamaulipas era comunque perduto, mentre quegli uomini sarebbero stati necessari sul campo per sbarrare l'avanzata di Taylor. Tra i soldati serpeggiava sempre più la parola *traición*, perché ai loro occhi il Generalísimo si stava comportando non solo da pessimo stratega ma addirittura da traditore.


Il generale Antonio López de Santa Anna viaggiava su un carro, ma ogni tanto montava a cavallo per farsi vedere alla testa della colonna infinita che si perdeva nella polvere alle sue spalle. Aveva voluto il Batallón de San Patricio al suo fianco e la bandiera verde sventolava accanto a quella messicana e alle insegne dei vari corpi.

Il nome completo era impossibile da ricordare: Antonio de Padua María Severino López de Santa Anna y Pérez de Lebrón. Vedendolo cavalcare, ci si dimenticava della mutilazione: aveva perso la gamba sinistra in guerra, e questo particolare ne faceva un "eroe della patria". Era accaduto a Veracruz, nel 1838, durante il tentativo di invasione dei francesi, che avevano bombardato il porto; una cannonata gli aveva staccato di netto la gamba, e lui, salvato dai chirurghi che erano riusciti a cauterizzare il moncone al di sotto del ginocchio, era stato abile a sfruttare la propria disgrazia: a Città del Messico avevano organizzato il "funerale" della gamba amputata, per poi seppellirla con tutti gli onori e tanto di lapide. Il popolo lo acclamò come salvatore della nazione e uomo di rara tempra. La sconfitta in Texas venne dimenticata, grazie a quella gamba. Poi Santa Anna si era fatto costruire una protesi di legno e sughero, con cui riusciva a camminare abbastanza bene e a cavalcare per qualche ora.

"Capitano Riley, so che si aspettava una punizione esemplare, non è così?"

L'irlandese finse di non capire:

"Punizione, signor generale? Per chi?".

Santa Anna sorrise, guardandosi indietro per sincerarsi che non vi fossero orecchie di ufficiali troppo vicine.

"Lo sa bene, a chi mi riferisco: a quell'inetto di Pedro Ampudia. Mi hanno riferito nel dettaglio il suo comportamento. Se avesse evitato lo scontro a Monterrey, ora potremmo ingaggiare battaglia con notevole vantaggio. E per colpa della sua ambizione ha fatto morire migliaia di cittadini inermi."

Riley annuì. Aveva imparato a dosare le parole, perché sapeva che il silenzio non lascia traccia, e ancor più con un personaggio ambiguo come Santa Anna. Che, quanto ad ambizione personale, superava persino "quell'inetto" di Ampudia.

"Ma lei è uomo d'arme, può capirmi: se avessi degradato Ampudia, ora mi ritroverei a dover fare i conti con il rancore dei suoi accoliti... E così, per amor di patria, per il bene del Messico e per l'andamento della guerra, l'ho lasciato al suo posto di comando."

"Forse ha preso la decisione giusta, ma se mi permette un consiglio..."

"Gliene sto parlando proprio perché mi aspetto un suo parere, capitano Riley."

"Be', da qui in avanti farei in modo che non possa prendere decisioni operative sul campo di battaglia."

Santa Anna fece un ampio cenno di assenso, molto teatrale.

"Però abbiamo problemi ben più gravi, adesso," aggiunse John Riley.

Il generale lo scrutò, aspettando che dicesse il resto.

"Le scorte stanno finendo e gli uomini sono esausti. Ogni giorno dobbiamo lasciarne indietro qualche centinaio, gravemente malati e non più in grado di reggersi in piedi."

"Sì, i medici del corpo sanitario mi presentano rapporti ogni sera. Ma non siamo pessimisti: lei forse non conosce abbastanza la tempra dei miei indios. Sono abituati a privazioni ben peggiori. E la maggior parte di questi uomini sono indigeni, gambe forti e secoli di fatiche sulle spalle."

Riley non disse altro. Pensò che, dopo aver combattuto agli ordini di un inetto, ora doveva obbedire a un imbecille. Pensò che il Messico, e i messicani, si meritavano di essere comandati e governati da uomini migliori, all'altezza della loro dignità e della loro fierezza. E imprecò contro il destino, che in un momento cruciale della Storia aveva messo ancora una volta Antonio López de Santa Anna alla testa di un esercito senza mezzi né armi adeguate. Soltanto l'orgoglio, ormai, li spingeva avanti, nelle aride pianure e nei gelidi altopiani del Coahuila.

Dopo duecentocinquanta chilometri a tappe forzate, il 21 febbraio, neppure un mese più tardi, l'armata nel deserto si era ridotta a poco più di quindicimila uomini. Oltre cinquemila erano periti di stenti, sete, fame, dissenteria, infezioni che dai piedi avevano mandato in cancrena le gambe. E non bastava: Santa Anna aveva ricevuto dagli informatori la notizia che l'esercito invasore si era mosso da Saltillo per accamparsi nella località denominata Agua Nueva, così ordinò di marciare per altri settanta chilometri in sole ventiquattr'ore, vagheggiando di cogliere il nemico di sorpresa.

Ma Taylor aveva ottimi esploratori – i ranger texani del maggiore Ben McCulloch – e, una volta intuito cosa aveva in mente Santa Anna, stava prendendo posizione in una zona migliore per difendersi dagli assalti della cavalleria: una località chiamata Angostura per la vicina gola del passo di montagna, a due chilometri dall'Hacienda San Juan de la Buena Vista.

All'alba del 22 febbraio 1847, i due schieramenti si apprestavano a ingaggiare battaglia.


Si tenne una concitata riunione dello stato maggiore messicano. I generali al comando delle artiglierie, Ignacio Mora e Antonio Corona, sapevano bene che i loro cannoni avevano una gittata media di quattrocento metri, praticamente la metà di quelli statunitensi, ma c'erano tre pezzi da sedici libbre che avrebbero potuto tenere testa al nemico. E non ebbero dubbi: andavano affidati al Batallón de San Patricio. John Riley li fece piazzare su un'altura da cui potevano dominare le linee nemiche in avanzata, e soprattutto contrastare le batterie del 4° reggimento di artiglieria che avevano praticamente di fronte. Quelli del San Patricio si preparavano a sostenere un duello mortale, a cui sarebbero sopravvissuti gli artiglieri in grado di colpire con maggior precisione.

La piana tra le alte montagne del Coahuila echeggiava degli squilli di tromba che ordinavano le manovre di schieramento e dei rulli di tamburi dei reparti che prendevano posizione.

La fanteria messicana formava due linee al centro, più una terza di retroguardia, appoggiata dall'artiglieria leggera. Sul fianco destro la cavalleria del Tamaulipas con il reggimento Corazzieri al comando del generale Juvera, sul fianco sinistro gli ussari del generale Torrejón.

Il centro dello schieramento nemico era composto dal 1° e 2° reggimento dell'Illinois e dal 2° del Kentucky, più una compagnia di ranger texani. Sul fianco sinistro, i reggimenti di cavalleria dell'Arkansas e del Kentucky, su quello destro il 1° e 2° reggimento di fanteria dell'Indiana, poi, poco più indietro, come riserve, i fucilieri del Mississippi e due squadroni di cavalleria leggera. E la micidiale "artiglieria volante" comandata da Braxton Bragg, pronta a intervenire dove ve ne fosse bisogno.

Le forze in campo erano alla pari per numero – circa sedicimila per parte –, quelle messicane tuttavia erano non solo inferiori in armamenti, ma soprattutto esauste, mentre gli statunitensi venivano dalla vicina Saltillo, riposati e smaniosi di farla finita. Inoltre, il campo di battaglia era stato scelto da Taylor, che aveva inviato Wool il giorno precedente a organizzare lo spiegamento più favorevole, scavando trincee o improvvisando parapetti difensivi, e prendendo posizione in modo da costringere i messicani ad attaccare su terreni accidentati, mentre la cavalleria sarebbe stata enormemente svantaggiata, dovendo aggirare burroni e collinette. Il generale Santa Anna, che ne fosse consapevole o meno, si era cacciato in una trappola.

In quanto alle batterie di grosso calibro, Taylor le aveva posizionate su una collina, da dove spazzare l'avanzata dei messicani. Ma a tenere loro testa c'era il Batallón de San Patricio su un'altra collina, con i tre pezzi da sedici.

Nel primo pomeriggio del 22 febbraio, Santa Anna individuò un'altura sulla sinistra dello schieramento nemico che dominava la strada in terra battuta per Saltillo. E dopo aver constatato che i nordamericani non l'avevano occupata, ordinò ad Ampudia di conquistarla: gli ussari partirono al trotto con le sciabole appoggiate alla spalla, seguiti da quattro battaglioni di fanteria leggera che tentavano di correre malgrado la stanchezza e la pancia vuota. Taylor, quando ne fu informato, inviò prontamente a fronteggiarli i fucilieri dell'Indiana e dell'Arkansas, con l'appoggio di tre cannoni della famigerata "artiglieria volante". I combattimenti infuriarono alle falde della collina: gli ussari caricarono al galoppo, ma il terreno era impervio e vennero decimati dai fucilieri e dalle scariche a mitraglia. I fanti messicani ingaggiarono un accanito scambio di colpi allo scoperto subendo gravi perdite, ma avanzarono fino al corpo a corpo alla baionetta. Per interminabili ore, gli opposti schieramenti guadagnarono e ripersero terreno sul lato sinistro, mentre dalla piana i due eserciti osservavano impazienti, nell'attesa che i rispettivi comandi decidessero cosa fare. Al calare della notte, i messicani riuscirono a espugnare la cima arrampicandosi sotto un micidiale fuoco di fucileria: travolti dal loro impeto disperato, gli statunitensi si ritirarono a valle. Taylor spezzò in due la pipa di caolino: come diavolo era possibile che nessuno dei suoi ufficiali si fosse accorto in anticipo dell'importanza di quell'altura? Avrebbero dovuto occuparla fin dalla notte precedente.

Ma i soldati messicani, lassù, ben presto si sarebbero resi conto di quanto fosse effimera quella parziale vittoria: con l'avanzare delle tenebre, il freddo divenne insopportabile. Il sudore del combattimento si gelò addosso a quei malcapitati, che all'alba erano così intirizziti da non riuscire neppure a ricaricare i fucili.

Non era ancora sorto il sole, quando Ampudia ordinò loro di scendere sull'altro versante per attaccare le posizioni alle falde opposte, sull'estremità sinistra dello schieramento nemico. All'inizio, baionette e sciabole ebbero la meglio, ma subito Taylor, svegliato dall'attendente, mandò rinforzi e nel giro di poco tempo si scatenò la battaglia. Santa Anna, alle sette del mattino, ordinò l'avanzata di tutto lo schieramento. Il generale Santiago Blanco sguainò la sciabola e partì alla testa dei battaglioni di zappatori e dei reggimenti di fanteria Tampico e México, più i superstiti degli ussari. Le truppe del centro mossero al comando dei generali Lombardini e Pacheco. E a quel punto, le artiglierie di Taylor aprirono il fuoco. I fanti messicani non riuscivano ad arrivare a tiro utile dei propri moschetti, falciati dalle granate, e le linee avanzate finirono poi sotto i colpi di Springfield e Kentucky, a gittata più lunga, mentre loro sparavano inutilmente verso gli avversari. Eppure, non cessavano di avanzare, e in casi sporadici attaccavano alla baionetta: alle loro spalle, però, si erano creati vuoti spaventosi e loro andavano al sacrificio invano. La cavalleria, ostacolata dal terreno impervio, veniva decimata ancor più delle fanterie, che almeno tentavano di ripararsi dietro le sporgenze di roccia. Fu allora che Santa Anna ordinò di fermare l'attacco e di consolidare le posizioni avanzate.

Intanto, quelli del San Patricio erano entrati in azione. La prima scarica fu delle artiglierie statunitensi: le palle esplosive passarono sopra le loro teste o impattarono sulla collina, senza centrare le batterie. John Riley raccomandò la calma: era una salva di assaggio, stavano aggiustando il tiro. Il capitano controllò personalmente l'alzo dei puntatori, assieme a Patrick Dalton, e quando ordinò ai serventi di aprire il fuoco, tre esplosioni fecero strage degli artiglieri nemici. Questi, riorganizzatisi, spararono la seconda bordata, ma tra il fumo e le perdite subite mancarono ancora una volta il bersaglio. Gli irlandesi, dall'altura opposta, furono precisi anche con la seconda salva. Nel giro di mezz'ora, le batterie opposte erano scompaginate e gravemente danneggiate.

Taylor, dal suo punto di osservazione, fremeva di rabbia. Chi erano, quei dannati artiglieri? Gli tremavano le mani, e dovette concentrarsi per tenere fermo il cannocchiale. E così vide una bandiera verde che sventolava nel mezzo delle batterie. Ordinò al 1° Dragoni di andare alla carica. Quelli del San Patricio caricarono rapidamente i cannoni a mitraglia e attesero. Tutti i duecento uomini che non servivano ai pezzi presero la mira con i moschetti. Quando la cavalleria statunitense fu alle falde della collina, e i primi dragoni al galoppo già si avventavano sulla salita, Riley ordinò "*Fuego a mansalva!*", a cui fece eco Patrick Dalton con "*Scaoil libh!*". Il diluvio di piombo investì uomini e cavalli, facendone strage.

Riley ordinò di inastare le baionette: sguainò la sciabola e comandò il contrattacco.

Calarono giù dall'altura urlando come indemoniati, infilzando cavalleggeri allo sbando e raggiungendo rapidamente la prima linea del 4° reggimento di artiglieria. Paddy fece venire avanti i polacchi incaricati degli affusti trainati da tre coppie di cavalli ciascuno: nel mezzo del fuoco incrociato riuscì ad attaccare tre pezzi presi al nemico e a farli trasferire sulla loro altura con buona parte del munizionamento.

I fanti messicani che si erano attestati in quella zona, vedendo il contrattacco vittorioso, lasciarono i ripari e corsero in avanti gridando a squarciagola "*¡Que Viva México!*", baionette calate. Travolsero le difese scompaginate e si avventarono sui reparti di fucilieri che tentavano di riorganizzarsi.

In altri settori del fronte di battaglia, intanto, il generale Lombardini cadeva gravemente ferito, mentre le truppe di Pacheco, formate da reclute al battesimo del fuoco, subivano perdite tali da sbandare, nonostante gli ufficiali li incitassero a seguire l'esempio del San Patricio. A decimarli erano i cannoni "volanti" di Braxton Bragg, prontamente intervenuti con la consueta agilità di manovra. In quel momento il generale Pérez assunse il comando delle truppe di Lombardini e accorse a dare manforte, costringendo ancora una volta gli statunitensi a retrocedere. Gli irlandesi erano tornati sull'altura e avevano ripreso a martellare le linee avanzate nordamericane.

Il sole tramontava quando il generale Wool arrivò trafelato nella base dello stato maggiore, scese malamente da cavallo e, barcollante per una storta alla caviglia, sbottò:

"Generale Taylor, ci stanno sconfiggendo!".

Old Zack, stizzito, ribatté secco:

"Questo lo stabilisco io. Si dia un contegno".


Senza l'artiglieria di Bragg, che correva a piazzarsi ovunque si aprisse un varco e decimava le fanterie, scompaginando anche le cariche di cavalleria, Taylor quel giorno avrebbe subìto una sanguinosa sconfitta. La superiorità delle armi in dotazione agli statunitensi fece la differenza, sebbene sul campo l'impeto dei malnutriti e sfiniti messicani fosse arrivato in più occasioni a un passo dallo sfondamento, che avrebbe permesso di riprendere Saltillo.

E comunque, senza il Batallón de San Patricio, i messicani non avrebbero potuto scatenare il contrattacco.

Durante la giornata era spesso piovuto, e nel tardo pomeriggio venne giù un acquazzone.

Qualcuno vi ha visto similitudini con la battaglia di Waterloo: la pioggia, che fece impantanare la cavalleria nel fango, impedendole di determinare l'esito dello scontro; l'impiego rapido delle artiglierie da parte statunitense, ma con il ferale contrasto di quelli del San Patricio; infine, le enormi perdite nel tentativo di espugnare una fattoria: per Napoleone quella di Hougoumont, per i messicani l'Hacienda Buena Vista, dove gli statunitensi si erano ben trincerati, massacrando lancieri e corazzieri che vanamente si accanirono ad attaccarla, tanto che la battaglia passò alla storia nordamericana con il nome Buena Vista anziché Angostura.

La differenza fondamentale è che al tramonto i francesi avevano perso, mentre i messicani, a un passo dalla vittoria totale... ricevettero da Santa Anna l'ordine di ritirarsi.


Le perdite messicane ammontavano al doppio di quelle statunitensi. Ma con lo stremato esercito messicano, quella notte si unirono alla ritirata ben mille e cinquecento disertori. L'elenco era sempre lo stesso: irlandesi, in maggior numero, assieme a tedeschi, polacchi, scozzesi, francesi...

Il battaglione San Patricio aveva perso, tra morti e feriti, quasi un terzo degli effettivi. Ma si ritrovò più numeroso di prima.

*Un'altra ritirata. Nel buio della notte, sotto l'acqua batten-
te, con i feriti che stringevano stracci fra i denti per soffocare i
gemiti: il nemico non doveva sapere che stavamo abbandonan-
do il campo di battaglia.*

*La giustificazione del generale Santa Anna per i posteri fu
alquanto semplice: i suoi uomini erano affamati e sull'impervio terreno di Angostura non c'era modo di procurarsi rifornimenti, soltanto ripiegando verso Agua Nueva avrebbero potuto rifocillarsi. Combattere un altro giorno senza mangiare sarebbe stato impensabile.*

*Era davvero un traditore asservito agli invasori, che in fin
dei conti lo avevano riportato in Messico proprio per ottenere
quei risultati? Oppure, come sostengono ancora in tanti, Santa
Anna aveva lasciato credere ai nordamericani di favorirli solo
per poter riprendere il comando delle operazioni, convinto di
essere un sincero patriota e di agire per il bene della nazione?
Di sicuro, il camaleonte era il suo animale guida. Ossessionato
dall'ambizione, cambiava idea e convinzioni con una tale volu-
bilità da rendere impossibile capire cosa realmente passasse per
quella testa bacata. Peccato che, comunque fosse, quell'indivi-
duo era un militare fallito, un pessimo stratega e un politicante
di bassa lega.*

*Mettiamo che fosse in buona fede: era vero che i soldati
crepavano di fame e non riposavano da troppo tempo. Avreb-*

bero retto un altro giorno di combattimenti? Ecco il punto: come si può comandare un'armata di quelle dimensioni senza provvedere ai rifornimenti? Prima, Santa Anna aveva condotto ventimila uomini attraverso deserti e montagne, fregandosene di cosa riuscivano a mettere in pancia, e morivano più di stenti che di pallottole.

Ora, dovevamo raggiungere Agua Nueva per trovare qualcosa da mangiare, assetati al punto che marciavamo con la faccia in su per raccogliere qualche goccia di pioggia con le labbra: sembravamo un'interminabile colonna di spettri che rivolgevano una muta preghiera al cielo. Lassù, tutto era scuro e cupo, come il futuro del Messico, così simile all'Irlanda: Dio acceca chi vuole perdere. Oppure, ti mette alla testa un imbecille, che fa lo stesso.

Avevamo oltre ottocento feriti. I medici e i volontari del reparto sanità facevano l'impossibile, ma ormai scarseggiavano anche le bende. Fu doloroso per tutti, abbandonarne una parte in quel posto maledetto: i più gravi, quelli che non potevano reggersi in sella o stare seduti su un carro, tutti lasciati nel fango ad agonizzare... Noi, invece, non lasciammo nessun ferito del San Patricio, anche se molti sarebbero spirati lungo il tragitto, dissanguati. Ne caricammo persino sugli affusti dei cannoni, li legammo ai muli... i più robusti tra noi si alternavano a reggerne uno sulle spalle, pur di non venire meno al nostro patto di morte: uniti fino alla fine.

All'alba del 24 arrivammo ad Agua Nueva, e le genti del posto ci rifocillarono generosamente, mettendo a disposizione il poco che avevano. Pensai con una fitta al cuore ai civili che si ritrovavano sotto il dominio delle truppe di invasione. Dubitavo che i comandanti dell'esercito degli Stati Uniti impedissero violenze e saccheggi in tutto il Coahuila.

Riposammo qualche ora, in silenzio, ognuno chiuso nei suoi pensieri foschi. Solo Paddy, accovacciato di fianco a me, disse a mezza voce: "Resistiamo per loro, solo per loro", e allungò un'occhiata stanca verso le donne messicane che faceva-

*no la spola per portarci acqua e* tortillas *con un* chilito *o un pezzetto di carne secca.*

Verso mezzogiorno, mentre ci scaldavamo ai primi raggi del sole che foravano le nubi in fuga verso nord, echeggiarono squilli di tromba, e tutti, imprecando tra i denti, si alzarono e presero i fucili in mano. Ordine di parata. Gli ufficiali correvano, alcuni zoppicando, da una parte all'altra esortando gli uomini a schierarsi nella piazza del paese. Incrociai lo sguardo con l'italiano Ciro: accarezzava il suo Brown Bess, a cui si era rassegnato dopo aver finito il munizionamento del Kentucky. Sapevo cosa stava pensando. E forse stavolta non glielo avrei impedito, di sparare in testa a Santa Anna.

Ma non si trattava dell'ennesima follia del generale, non ci facevano mettere in fila sull'attenti per passare in rivista davanti a quel bellimbusto. Per noi c'era una sorpresa.

Tre cavalieri, quello al centro con la bandiera bianca. Uniformi nuove, pulite, giberne di un bianco candido, berretti calati sul capo. Cavalli robusti, ben nutriti, e lo stemma US Army sulle selle. Lo stupore raddoppiò quando riconobbi il capitano Aaron Cohen.

Quelli del San Patricio, punti nell'orgoglio, assunsero un aspetto più marziale rispetto a soldati e ufficiali messicani, che li osservavano stralunati. Paddy ordinò l'attenti. Colpi di tacco all'unisono, arma al piede e mano di taglio sul petto all'altezza del cuore: neanche fossimo nel cortile di un'accademia militare.

Cohen li scorse con lo sguardo uno per uno, annuendo come se esprimesse ammirazione. Poi scese da cavallo e venne verso di me. Si portò la mano alla visiera e quando vide i miei gradi sul braccio disse: "Capitano Riley...". Ma non aggiunse un "lieto di rivederla". Io rimasi in silenzio e ricambiai il saluto.

Arrivò Santa Anna in pompa magna. Cohen riferì che il generale Taylor teneva a dichiarare apertamente il suo rispetto per il coraggio dimostrato in battaglia dall'esercito messicano. Poi si interruppe, come se avesse dimenticato il copione mandato a memoria la sera prima, e con un'espressione imbarazza-

*ta prese un foglio arrotolato dal tascapane di cuoio chiaro: pre-*
*feriva leggerli, gli elogi grotteschi di Old Zack. Uno dei miei,*
*O'Leary, si incaricò di tradurre, frase per frase. Alla fine di*
*quella lettera ipocrita, si chiarì tutto: i tre messaggeri venivano*
*a chiederci la resa. Taylor parlava di inutile spargimento di*
*sangue tra due nazioni vicine che avrebbero potuto proseguire*
*in amicizia e prosperità, ed esortava Santa Anna a intavolare*
*trattative per un armistizio e una pace duratura.*

*Seguì un silenzio teso, subito interrotto da una voce stento-*
*rea e un po' roca di mezcal:* "Chinga tu madre, cabrón".

*Riconobbi quella voce: era del caporale Fernández, nativo*
*di Matamoros, sua moglie era stata stuprata e sgozzata dai*
*texani. Forse era stato più prolisso, ma equivaleva al "merda"*
*di Cambronne.*

*Gli irlandesi accanto a me non riuscirono a trattenere una*
*risatina soffocata, un sergente tedesco aggiunse:* "Huren-
söhne". *Cohen fece finta di nulla, Santa Anna ebbe una sorta*
*di* rictus *che gli storse la bocca, ma non prese provvedimenti.*
*Abbozzò un sorriso falso, e nel suo inglese abbastanza com-*
*prensibile, rispose al capitano di ringraziare il generale Taylor*
*per le sue parole, ma l'unica maniera per porre fine alle ostilità*
*era ritirarsi al di là del Río Nueces e cessare l'invasione. Poi*
*pretese che i tre, andandosene, passassero in rassegna le nostre*
*truppe schierate. Molti facevano pietà, per come erano ridotti,*
*laceri e smunti, ma sicuramente il capitano Cohen e i due te-*
*nenti non poterono ignorare la fierezza che brillava negli occhi*
*di quei soldati, votati alla sconfitta, sì, ma ancora in grado di*
*portarsi all'inferno un buon numero di yanqui.*

*Prima di rimontare in sella, Cohen mi fissò a lungo. Strinse*
*le labbra e scosse la testa. Mi limitai a salutarlo portando la*
*mano sul cuore. In fin dei conti, la colpa di tutto stava proprio*
*lì, nella parte sinistra del petto.*

# 10.

## L'armata degli spettri

La ritirata verso San Luis Potosí avrebbe falcidiato le file dell'esercito messicano perfino più che la battaglia dell'Angostura. Per diversi giorni i soldati non trovarono acqua potabile né cibo, e per non morire di sete bevevano dalle rare pozzanghere. Il 26 febbraio raggiunsero la località di El Salado: nome non casuale, perché la scarsa acqua disponibile era salmastra. Ben presto, la dissenteria cominciò a mietere vittime. Le infezioni intestinali aggravavano le condizioni già precarie di uomini duramente provati dalle fatiche e dalla fame. Un ufficiale scrisse sul diario: "L'esercito sembrava formato da cadaveri. Molti di loro avevano la pelle attaccata alle ossa, e i volti contratti dallo sfinimento mostravano i denti facendoli apparire come teschi: un involontario sorriso che metteva orrore".

Quando arrivarono a Matehuala, il primo centro abitato lungo l'estenuante cammino, non trovarono abbastanza viveri per rifocillarsi, ma almeno l'acqua non mancava. Vi rimasero un paio di giorni a riposare, quindi ripresero la marcia. Entrarono a San Luis Potosí il 9 marzo, accolti generosamente dagli abitanti: molti civili piangevano, vedendo com'era ridotto l'esercito che avrebbe dovuto scongiurare l'invasione, lo stesso che avevano salutato con entusiasmo alla partenza da quelle stesse strade e piazze. I soldati erano in numero enormemente inferiore rispetto alle schiere che avevano lasciato San Luis Potosí il 27 gennaio, tra rulli di tamburi e squilli di tromba, bandiere al vento e fucili in spalla. Gli abitanti di San Luis Potosí vedevano sfilare una lunga colonna di uomini smunti e silenziosi, con le uniformi a brandelli e l'espressione afflitta. Tra morti e dispersi, ne mancavano all'appello circa diecimila.

Il generale Santa Anna, nel frattempo, mandava dispacci a Città del Messico proclamando la vittoria nella battaglia dell'Angostura. Ma dalla capitale arrivavano messaggeri con notizie confuse, pareva vi fosse stata una sollevazione contro il governo da parte di politici e militari non meglio identificati, proprio adesso che Santa Anna aveva aderito ai moderati e sognava di tornare al potere. Le informazioni all'epoca circolavano lente e, affidate alle staffette a cavallo, dovevano superare difficoltà di ogni sorta, con il risultato che lungo il cammino diventavano confuse e spesso contraddittorie. Nella capitale federale non era in atto alcun colpo di stato, ma Santa Anna decise di andare a verificare di persona. Prese con sé quel che restava del reggimento di ussari e partì. Aveva anche tre affusti di artiglieria al seguito: erano i cannoni statunitensi che quelli del San Patricio avevano portato via al nemico e, assieme alla bandiera del 4° reggimento di artiglieria, voleva usarli come dimostrazione del proprio trionfo sul campo di battaglia.

Si aspettava forse un'accoglienza festosa, tra ali di folla acclamanti... Città del Messico lo ignorò completamente, dimostrandogli tutto il disprezzo che meritava. Santa Anna non si perse d'animo, in fin dei conti la plebaglia lo aveva già preso a sputi e insulti a Veracruz, lui puntava direttamente alla testa della nazione: i politici che lo ricevettero a palazzo pareva avessero creduto alle sue millanterie, mentre la città era scossa da rivolte e persino la Guardia Nacional rifiutava di difendere le "istituzioni".

Il colmo di quella situazione caotica fu che a Santa Anna era sfuggito un dettaglio fondamentale: la rivolta di alcuni settori militari capeggiati dal generale De la Peña Barragán puntava a nominare lui capo del governo, destituendo il presidente Valentín Gómez Farías. Sul momento, Santa Anna aveva offerto al governo il proprio appoggio, minacciando di richiamare a Città del Messico le truppe rimaste al Nord; poi, quando la sedizione perse slancio e la Guardia Nacional si risolse a intervenire, i deputati moderati offrirono proprio a Santa Anna di assumere i poteri e riportare la pace nella capitale. Improvvisatosi ancora una volta salvatore della patria, Santa Anna accettò la presidenza e rimase comandante in capo dell'esercito, gabbando gli uni e gli altri. E per ingraziarsi il clero, abrogò la recente legge voluta dal predecessore Gómez Farías, che prevedeva l'imposizione di cospicue tasse alla Chiesa – in possesso allora di immense ricchezze e proprietà – per finanziare lo sforzo bellico contro l'invasione. A quel punto, Santa Anna godeva dei favori delle gerarchie ecclesiastiche, mentre il suo esercito di disperati rimaneva male armato e vestito di stracci.

Intanto, il generale Winfield Scott cingeva d'assedio Veracruz con un'imponente flotta da guerra e diecimila uomini. Il 22 marzo 1847 le cannoniere aprirono il fuoco sulla città, gioiello dell'architettura coloniale che la rende per molti aspetti simile all'Avana, e per cinque giorni e cinque notti caddero sul centro abitato ben seimilasettecento bombe, milletrecentoquaranta ogni ventiquattr'ore. Inutilmente i consoli di varie nazioni tentarono di parlamentare: il generale Scott fu irremovibile, finché a Veracruz sussisteva un qualche focolaio di resistenza non avrebbe fatto sbarcare le truppe. Oltre mille civili rimasero uccisi, e un cittadino statunitense che lì risiedeva lasciò questa testimonianza: "Non dimenticherò mai l'orrendo fuoco delle nostre artiglierie di marina. Le bombe esplodevano con spaventosa precisione sulle abitazioni, sventrandole. Era terribile. Ancora rabbrividisco al ricordo".

Quando neanche un moschetto era più in grado di sparare un colpo contro gli attaccanti, il generale Scott ordinò lo sbarco. Fu il più imponente per mezzi e numero di uomini, un triste record che sarebbe stato superato soltanto con lo sbarco in Normandia nella Seconda guerra mondiale. Altro nefando primato, fu la prima città ridotta in macerie da un bombardamento.

Ma neanche così Scott poté brindare al suo reboante successo: gli abitanti di Veracruz scagliavano di tutto, mobili compresi, da finestre e balconi degli edifici ancora in piedi e qualche "avventato" osò persino aggredire i fanti di marina a colpi di machete. Né mancarono le pistolettate, da parte di chi conservava un'arma in casa. I veracruzani rovinarono la parata che Scott aveva immaginato, tra fanfare e bandiere di reggimenti. Il generale provò uno stizzito odio per i messicani: ma come, lui portava la democrazia e il progresso, e quelli gli lanciavano sì fiori dalle finestre, ma con tutto il vaso di coccio?

Fu soltanto l'inizio, perché subito si formarono gruppi di *guerrilleros* che presero ad attaccare le truppe statunitensi durante la marcia o appena si fermavano a riposare e allestivano un accampamento. Per rappresaglia, Scott chiuse entrambi gli occhi di fronte alle innominabili violenze che i suoi uomini commettevano nei confronti dei civili: case saccheggiate e date alle fiamme – come pure le chiese dove si rifugiavano i contadini –, stupri ed eccidi... Insomma, lo stesso copione già visto con i miliziani volontari al seguito di Taylor. Ma con l'aggravante che quelle al comando di Scott erano truppe regolari, tra le quali il corpo dei marines, allora agli albori di una lunga storia nella quale si sarebbe "coperto di gloria". E anche di qualcos'altro...

Furono di tale portata le atrocità commesse nella città di Veracruz e in tutto lo stato, che sorsero comitati contro la guerra sia negli Stati Uniti sia in Europa. Stavolta i consoli e i cittadini stranieri presenti avevano inviato nei rispettivi paesi resoconti dettagliati di quell'eccidio, si trattava pur sempre del porto principale sul Golfo del Messico, per commerci e scambi. Con il "solito" Henry David Thoreau, che si fece arrestare per l'ennesima volta a causa delle sue vibrate proteste, a New York e a Boston prese vigore la American Peace Society: la sua rivista, "Advocates for Peace", si dedicò forsennatamente a pubblicare dettagliati reportage sulle atrocità e le stragi di civili commesse dalle truppe in Messico, incitando i giovani statunitensi a non arruolarsi. Aderirono alle proteste alcuni deputati e senatori, più qualche sporadico intellettuale – veri coraggiosi, perché di fatto, messi tutti assieme, costituivano un'infima minoranza che rischiò di essere linciata, e non solo a parole.

La stragrande maggioranza dei cittadini scopriva l'emozione forte del patriottismo – che prima del 1846 era un termine astratto, privo di coinvolgimenti emotivi –, incitando i propri *good boys* a picchiare duro. Per la prima volta dalla loro costituzione, gli Stati Uniti d'America avevano un nemico esterno da maledire e massacrare: fino ad allora c'erano state le cosiddette "guerre indiane", tutto sommato un repulisti interno "malauguratamente" sfociato in un genocidio allo scopo fin troppo pratico di bonificare territori per poterli sfruttare in santa pace (pace eterna, per gli indiani); ma ora si trattava di sostenere le truppe in un paese irto di insidie e popolato da genti crudeli e malsane, che violavano il precetto della Bibbia secondo il quale le terre lasciate incolte sono un crimine contro Dio... e pensare che negli Stati Uniti c'erano tante brave persone volenterose disposte a coltivarle, le proprie e pure quelle degli altri, all'occorrenza!

In quel periodo proliferavano i giornali, ne nascevano in continuazione, e tutti sobillavano l'opinione pubblica contro i messicani, esortando a sostenere lo sforzo bellico; per di più, era appena cominciata l'era del telegrafo: la prima trasmissione di segnali era avvenuta il 24 maggio 1844 tra Washington e Baltimora, e in men che non si dica si stava espandendo tra tutte le città, diffondendo notizie di battaglie ed eroiche imprese. Voci autorevoli si levavano sulla sacra missione: persino Walt Whitman, l'illustre poeta di *O capitano! Mio capitano!*, perse la testa per i capitani delle truppe d'invasione:

"Quanto è miserabile e inefficiente il Messico – con la sua superstizione, la sua libertà da *burlesque*, la sua tirannia dei pochi sui molti –, che cosa ha a che fare il Messico con la grande missione di ripopolare il nuovo mondo con una nobile razza? Facciamolo nostro, il raggiungimento di tale missione!".

E la "nobile razza" ci si mise d'impegno, a ripopolare il nuovo mondo: il numero di donne e ragazze (e ragazzine) messe incinte dagli stupratori resta incalcolabile. Ovviamente, ci si riferisce a quelle che subito dopo non venivano sgozzate, ma questa era una pratica in uso a certi volontari delle milizie, principalmente texani e newyorkesi – i più efferati, a detta degli storiografi messicani –, mentre tutti gli altri le lasciavano in vita, dopo che un intero plotone si era sollazzato con loro.

Eppure, come abbiamo potuto constatare fino a questo punto della nostra storia, gli invasori non erano tutti ugualmente feroci e sanguinari. Basti il dato di ben novemila disertori registrato all'inizio di marzo del 1847: molti di loro erano disgustati, persino inorriditi, da simili comportamenti, e non potendo impedirli aspettavano l'occasione propizia per lasciare l'accampamento e dirigersi altrove, inventandosi una nuova vita in zone sperdute e lontane dai campi di battaglia; alcuni si arruolarono nel Batallón de San Patricio. E va ricordato il caso di dodici cittadini statunitensi che, al termine delle ostilità, anziché unirsi ai vincitori in trionfo chiesero asilo politico al console britannico nella capitale. Sì, c'era una parte nobile, in quella sottospecie di razza decantata da un invasato Whitman, ma fu ostinatamente ignorata e messa a tacere.

Gli echi, però, dovettero giungere forti a Santa Anna, che faceva stampare volantini e manifesti da diffondere nelle zone sotto il controllo degli invasori in cui esortava "i figli d'Irlanda" a unirsi alla causa messicana, riempiendosi la bocca di parole come "religione" e "onore". John Riley, che aveva ricevuto i gradi di maggiore, fece a sua volta un appello ai "compagni e conterranei" – citato nella "campagna di propaganda" promossa da Santa Anna – perché non continuassero a combattere nell'esercito di una nazione che aveva calpestato i valori più sacri e gli ideali di libertà.

Le truppe di Scott avanzavano seguendo lo stesso percorso di Hernán Cortés quando conquistò Tenochtitlán – la capitale degli Aztechi, altrimenti detti mexicas, divenuta poi Città del Messico. Ben presto il generale dovette affrontare difficoltà che non aveva messo in conto: oltre ai continui attacchi di civili in armi, il caldo soffocante del Veracruz rendeva arduo avanzare velocemente, e le zanzare si dimostravano letali alleate della resistenza... I casi di febbre gialla, detta anche vomito nero, aumentavano di giorno in giorno, e Scott non vedeva l'ora di raggiungere gli altopiani dello stato di Puebla per un po' di refrigerio, in attesa di puntare sulla capitale federale. Intanto, Santa Anna convinceva la Chiesa ad aderire alla santa crociata contro i protestanti – tutto valeva nell'impresa, anche farne una guerra di religione –, ottenendo un prestito di due milioni di dollari (cifra spettacolare per l'epoca), da utilizzare per pagare i trafficanti di armi che dal Guatemala aggiravano il blocco delle cannoniere statunitensi su tutti i porti messicani. Si badi bene: un prestito, non una pia offerta, che in futuro avrebbe indebitato ancor più lo stato messicano che già doveva molto a governi esteri.

Richiamati i "poveracci" da San Luis Potosí, e reclutati altri uomini, Santa Anna mise assieme l'ennesimo esercito malandato per affrontare gli invasori provenienti da Oriente. Il battaglione San Patricio, ormai numeroso quanto un reggimento, marciava sempre in prima linea. E a sud-est di Jalapa, capitale amministrativa del Veracruz nonché città natale di Santa Anna, avrebbe ingaggiato combattimento con le avanguardie di Scott, al comando del generale Twiggs, nella località di Cerro Gordo.

# 11.

## Una colata lavica di errori

Le due armate, di Taylor a nord e di Scott a est, ricevevano continuamente rinforzi e armamenti da terra e da mare. Old Zack masticava amaro, sapendo che il rivale Scott stava avanzando su Città del Messico mentre lui espugnava le città della zona settentrionale, sterminata e prevalentemente desertica: non dovendo affrontare un esercito, aveva gioco facile con le guarnigioni locali. Che comunque gli diedero filo da torcere. Solo per occupare Chihuahua dovette affrontare e sconfiggere i messicani in due battaglie, a Bracitos e a Sacramento: i reparti regolari erano esigui, ma a loro si univano milizie di civili determinate a difendere il territorio senza arrendersi. Una resistenza eroica quanto vana: l'eco di quelle imprese disperate arrivava a malapena nei palazzi di Città del Messico, dove ci si preoccupava esclusivamente di quanto avanzavano le truppe sbarcate a Veracruz. Considerato il vero scopo della guerra – prendersi tutti gli stati che andavano dalla California al Texas –, l'impegno di Scott stava diventando inutile: ormai si era formato un terzo esercito d'invasione, quello dell'Ovest, che occupava una dopo l'altra le città strategiche del Nuevo México e della California, da Santa Fe a Los Angeles e San Diego. All'inizio, quella della California sembrò una conquista facile, anche per la predisposizione dei ricchi proprietari terrieri ad accogliere il "progresso civilizzatore" dei nuovi colonizzatori. Ma ben presto le popolazioni locali subirono così tanti e gravi soprusi da insorgere contro gli uni e gli altri: le *guerrillas* che si formavano spontaneamente sparavano sia ai padroni delle *haciendas* sia ai militari statunitensi. Ci sarebbero voluti anni prima di "pacificare" i territori conquistati, uccidendo i ribelli e facendo terra bruciata dei villaggi che offrivano loro appoggio e rifugio.

Intanto, Santa Anna radunava un'altra armata rabberciata e demoralizzata – circa dodicimila uomini in maggioranza *bisoños*, reclute senza esperienza – per affrontare le truppe di Scott nello stato del Veracruz. L'unico alleato in grado di rallentarne l'avanzata era la micidiale miscela di amebe, zanzare e conseguenti dissenterie e febbri malariche: negli accampamenti nordamericani i malati si moltiplicavano, con crescente preoccupazione di Scott; ma puntualmente arrivavano rimpiazzi nel porto di Veracruz, dove le navi da trasporto salpavano cariche di infermi più o meno gravi. Il bilancio dell'intero conflitto confermerà la "potenza bellica" delle zanzare messicane e dei microbi intestinali – portatori della temuta "maledizione di Montezuma" – nei territori tropicali del Golfo: dei tredicimila morti nelle schiere statunitensi, appena un quinto era caduto in combattimento.

Nelle intenzioni *dichiarate* del Generalísimo c'era una vaga strategia: posizionarsi in tempo sullo stretto passo roccioso di Cerro Gordo per inchiodare il nemico in una sorta di Termopili messicane, impedendo l'accesso a Jalapa, punto nevralgico per le strade che portavano a Città del Messico. Il terreno era quanto di più avverso si potesse immaginare per una battaglia di metà Ottocento, secondo gli schemi dell'epoca: la piana era troppo ridotta per manovrare fanterie e artiglierie, sovrastata da due ripide alture, La Atalaya e il Cerro Gordo, detto anche El Telégrafo. E sul fianco sinistro si estendeva un *pedregal*, praticamente i resti di un'apocalittica colata lavica irta di macigni irregolari e percorsa da fenditure e crepacci. Al comando avanzato delle truppe messicane c'era il generale Valentín Canalizo, che inviò il tenente colonnello del genio guastatori Manuel Robles a effettuare un'attenta ricognizione del territorio. Robles tornò sconsolato: secondo lui, il passo poteva anche bloccare il nemico diretto a Jalapa, ma alla lunga non era difendibile perché si prestava a una manovra a tenaglia degli attaccanti; per di più, non c'era modo di rifornirsi di acqua, e in caso di combattimenti prolungati si sarebbero ancora una volta ritrovati a crepare di sete. Consigliava vivamente di ingaggiare battaglia a Corral Falso, zona collinare poco distante, dove la cavalleria messicana avrebbe potuto caricare in campo aperto. Santa Anna non volle sentire ragioni: ordinò a Canalizo di prendere posizione a Cerro Gordo. Robles, infuriato, presentò allo stato maggiore una protesta scritta, per sancire il suo totale disaccordo su quella decisione scriteriata. Santa Anna lo derise, interloquendo con Canalizo: come avrebbe mai potuto il nemico prenderli alle spalle, se a difendere le loro posizioni c'era quell'impenetrabile *pedregal*, che neppure gli uccelli si azzardavano a sorvolare? Figuriamoci se cavalli e uomini sarebbero mai stati in grado di attraversarlo... Il generale Canalizo, per suffragare le convinzioni di Sua Eccellenza, mandò un drappello di dragoni a esplorare l'inferno di lava pietrificata. Il drappello rientrò all'accampamento con due uomini e due cavalli in meno: erano precipitati in un burrone nel tentativo di individuare un passaggio. Santa Anna guardò Canalizo allargando le braccia: visto? Il *pedregal* era inaccessibile. Per dimostrarlo, aveva dovuto sacrificare due bipedi e due quadrupedi, ma ne era valsa la pena. Robles poteva andare a farsi benedire.

Le avanguardie degli invasori raggiunsero il passo l'11 aprile 1847, circa settemila uomini al comando del generale David Twiggs, più tremila in retroguardia con Scott. I messicani si erano già appostati sulle alture, e Twiggs comunicò a Scott che, suo malgrado, non vedeva altra scelta se non attaccare frontalmente le truppe schierate sulla difensiva. Scott consigliò di non avere fretta... E la notte tra il 16 e il 17 aprile il capitano Robert Lee, al comando di un reparto di esploratori, si avventurò fra le rocce laviche: all'alba, tornò affermando trionfante che era possibile seguire un cammino e aggirare lo schieramento messicano, per attaccarlo di fianco e alle spalle.

In quel frangente, accadde un fatto che avrebbe potuto rovesciare le sorti dello scontro. Un irlandese, l'ennesimo, riuscì a disertare e a raggiungere la prima linea della fanteria messicana. Lo portarono immediatamente dal comandante supremo: Santa Anna lo ascoltò, fra il distratto e l'infastidito. Il soldato irlandese stava spiegando che i nordamericani avevano scoperto un passaggio nel *pedregal*. Il Generalísimo annuì con fare paterno: "Va bene, soldato, il Messico te ne sarà grato... e ora rifocillate questo coraggioso e fatelo riposare". Come se dicesse: toglietemelo di torno. L'irlandese se ne andò visibilmente deluso e scoraggiato. Aveva rischiato la pelle per niente.

Il battaglione San Patricio raggiunse il teatro operativo per ultimo: la marcia da San Luis Potosí aveva fiaccato persino quegli uomini ormai avvezzi a ogni traversia. A Riley non era ben chiaro se Santa Anna li volesse o meno al suo fianco. L'ordine di lasciare l'accampamento nel Nord era confuso: parlava di marciare verso Città del Messico in attesa di ulteriori disposizioni, e una volta arrivati a Guanajuato avevano saputo che il locale contingente si era diretto verso Jalapa, dove Santa Anna intendeva sbarrare l'avanzata del nemico. Riley radunò gli uomini, e la decisione fu presa assemblearmente: non potevano sottrarsi al combattimento, e comunque nella capitale non sapevano quale situazione avrebbero trovato. Le voci di sommosse e intrighi di potere li convinsero a preferire il campo di battaglia.

Quelli del San Patricio non avevano cannoni al seguito – i loro pezzi erano stati trasportati dai reparti di Santa Anna settimane addietro – e si rassegnarono a battersi come fanteria di prima linea: Riley individuò immediatamente la vulnerabilità del fianco sinistro e le difficoltà di manovrare le artiglierie che, una volta posizionate, sarebbe risultato impossibile spostare altrove per il terreno troppo accidentato. Anche lui si sentì dire dallo stato maggiore che il *pedregal* sulla loro sinistra era invalicabile. L'unico vantaggio era il controllo delle due alture, anche se per Riley sarebbe servito a poco, considerando la corta gittata delle artiglierie messicane. Il disertore irlandese si unì a loro, e quando Riley ascoltò il suo resoconto ordinò immediatamente al battaglione di riposizionarsi a est del *pedregal*, per affrontare un attacco su quel fianco. Anche se era troppo tardi, la sua decisione avrebbe scongiurato la disfatta totale.

All'alba del 18 aprile le artiglierie statunitensi aprirono un fitto fuoco di sbarramento, mentre una parte della fanteria, al comando del generale Gideon Pillow, attaccava frontalmente la linea difensiva messicana. In quel frangente si verificò un evento che avrebbe generato l'illusione di sconfiggere gli attaccanti: il colonnello William Harney, disobbedendo agli ordini di Scott e quindi anche di Pillow, comandò una carica di cavalleria che si infranse contro lo schieramento della fanteria messicana nel punto in cui erano appostati i due migliori battaglioni di veterani: San Patricio e San Blas. Falciati dal micidiale fuoco di fucileria dei reparti più disciplinati e motivati della prima linea, i dragoni di Harney vennero massacrati, e lo stesso colonnello dovette darsi alla fuga precipitosamente per evitare di finire ammazzato: non era nuovo a certe bravate, la smania di mettersi in mostra andava in lui di pari passo con un odio viscerale per i messicani, lo stesso che aveva nutrito per indiani e schiavi neri; la sua storia personale era infarcita di episodi di violenza efferata nei confronti di persone indifese, ma questa volta aveva trovato sul suo cammino soldati in grado di infliggergli una dura lezione. Il colonnello Harney, comunque, era sempre attento a non esporsi al fuoco e cavalcava diverse file indietro rispetto alla prima linea. I suoi comportamenti gli erano costati innumerevoli rapporti e deferimenti alla corte marziale, ma godeva di una "raccomandazione" d'eccellenza: pupillo dell'ex presidente Andrew Jackson – distintosi per aver coperto i massacri indiscriminati degli indiani –, Harney continuava a essere protetto dal nuovo presidente Polk, esponente dello stesso partito.

La batosta subita dalla cavalleria non avrebbe mutato le sorti della battaglia di Cerro Gordo, perché durante la notte un grosso contingente delle truppe statunitensi aveva superato crepacci e burroni seguendo il drappello di esploratori del capitano Lee, e al culmine dei combattimenti irruppe sul fianco sinistro, gettando nel caos le retrovie. Malgrado la strenua resistenza del San Patricio, in quel settore non c'erano truppe di linea veterane che dessero loro manforte, mentre il San Blas era stato riposizionato al centro. Centinaia di reclute cominciarono a indietreggiare, proprio nel momento in cui le truppe di Pillow subivano gravi perdite e lo stato maggiore messicano cominciava a cantare vittoria. In ripetuti assalti alla baionetta, gli statunitensi espugnarono anche le due alture. Benché lassù i soldati messicani avessero ingaggiato una lotta all'ultimo sangue, dovettero cedere. Non solo per i colpi precisi delle artiglierie, ma anche e soprattutto per il devastante bombardamento di razzi – per la prima volta, fecero il loro ingresso nella guerra di invasione gli ordigni ideati dall'inglese William Congreve, qui nella versione più letale perfezionata da William Hale. Non avevano una lunga gittata, ma piovevano a sciami sulle sommità del Cerro Gordo e dell'Atalaya esplodendo con effetto a granata e lanciando tutto intorno schegge e pallettoni. Decimati, i difensori cedettero infine all'impeto degli attaccanti. E a quel punto, fu la rotta allo sbando.

Il generale Santa Anna salì sulla sua carrozza e fuggì precipitosamente con la scorta, inseguito da un diluvio di pallottole ed esplosioni: si salvò grazie a quelli del San Patricio, che coprirono la ritirata senza rompere le file, e al tardivo arrivo sulla scena della brigata Arteaga, che avrebbe dovuto partecipare alla battaglia ma era stata rallentata da una marcia più accidentata del previsto. In quel frangente, Santa Anna stava mangiando un pollo arrosto e si era slacciato la gamba di legno: caricato in fretta e furia sulla carrozza dagli uomini della guardia personale, non era riuscito a recuperarla. Alcuni volontari dell'Illinois trovarono la protesi e la presero come trofeo di guerra: con gli anni, sarebbe finita nel museo di Springfield, dove è tuttora esposta.

I messicani lasciarono sul terreno oltre mille caduti, e tremila furono fatti prigionieri. Nelle file degli statunitensi si contarono circa quattrocento perdite.

*Avevo fin troppi motivi per stare male.*

*I compagni caduti, i feriti che mi guardavano senza che potessi fare nulla per loro, la carneficina attorno a me.*

*Eppure, il dolore a volte assume forme che non ti aspetti, e si acuisce concentrandosi dove può coglierti di sorpresa.*

*Ho amato una donna, Consuelo, e l'amo ancor più adesso che la consapevolezza di non poterle offrire l'allegria del vivere mi rende ancora più penoso il rimpianto di ciò che avrei potuto essere e non sarò mai.*

*Ho voluto bene ai miei compagni come fratelli, e li ho visti morire, tutti, uno dopo l'altro.*

*Ho nutrito affetto per un animale, e quella sera, nella disastrosa ritirata di Cerro Gordo, ho dovuto provare anche questa forma di dolore, sebbene credessi che un cavallo, in fin dei conti, fosse un mezzo, non l'oggetto di sentimenti laceranti.*

*Avvertii l'impatto come se colpisse la mia carne, il fremito che mi percorse dalle gambe al ventre, eppure Erin continuò a galoppare. Non si fermò, finché riuscì a raggiungere uno sperone di roccia, e lì, avendo ormai portato me al riparo, permise al suo possente cuore di schiantarsi.*

*Piegò le zampe e si inginocchiò, dandomi modo di smontare senza cadermi addosso con tutto il suo peso. Mi sfilai il fazzoletto dal collo, e lo premetti sulla ferita al centro del petto,* come se potesse tamponare quella voragine da cui sgorgava via la sua vita.

Emise un ultimo nitrito rauco, appena un sospiro, e chiuse gli occhi.

C'era tanto dolore, intorno a noi, che piangere per una cavalla amica sembrava un insulto ai vivi e ai morti.

Ma io, per Erin, piansi.

E me ne vergognavo, perché non mi sono mai concesso di piangere per tutti voi, fratelli in armi, compagni di sventura. Specie a Cerro Gordo, dove lasciammo almeno un terzo dei nostri. Lì morirono anche gli ultimi africani del San Patricio: caddero da uomini liberi, combattendo, ma questo non serve da consolazione. Non ci fu neppure il tempo di seppellirli. I feriti riuscimmo a non abbandonarli, sapendo che fine avrebbero fatto. Ma molti sarebbero morti prima di raggiungere Jalapa, dove arrivammo ridotti a brandelli. La città era diventata un immenso ospedale da campo. Sotto i tendoni improvvisati, i chirurghi segavano gambe e braccia senza anestesia, le urla dei feriti scoraggiavano le brave donne di Jalapa dal portarci viveri e acqua, terrorizzate da quella macelleria a cielo aperto. Era tutto un viavai di barellieri imbrattati di sangue, casse di legno grezzo per i cadaveri e, poco distante, i falò su cui bruciavano bende e arti amputati. I feretri venivano accompagnati da meste orchestrine di pifferi e tamburi: il suono più triste che abbia mai sentito. Sono un soldato: so che così è la guerra. Membra e teste sparse sul campo di battaglia, feriti e mutilati nelle retrovie, sguardi attoniti di uomini appoggiati a un muro o a un albero, che fissano le proprie viscere fuoriuscire dallo squarcio provocato da una scheggia di granata o da un fendente di baionetta inferto di sbieco...

Così è ogni guerra.

Eppure, quella riusciva a essere, se possibile, ancora più feroce e ingiusta: di quale colpa si erano macchiate le genti del Messico per subire tanti orrori? Quale affronto avevano fatto agli Stati Uniti d'America per meritare tale spietatezza?

Comunque dovevamo sbrigarci, noi ancora capaci di reggerci in piedi: le truppe di Scott e Twiggs avanzavano su Puebla, rischiavamo di vederci tagliare la ritirata verso Città del Messico. Puebla cadde il 14 maggio, senza che si sparasse un colpo: non c'erano più soldati a difenderla, l'armata di Santa Anna era dispersa. Ci riorganizzammo in gruppi di guerrilleros. Molti civili in armi si unirono alle nostre formazioni, e godevamo dell'appoggio delle popolazioni locali. Tendevamo agguati lungo la strada fra Jalapa e Puebla, sbucavamo dai boschi, facevamo saltare i ponti e poi li attaccavamo nel mezzo di un guado... a volte era un tiro al bersaglio da posizioni favorevoli, in molti casi era una carneficina all'arma bianca contro drappelli di esploratori e avanguardie. Rallentammo la loro marcia, infliggendo più perdite così che nelle ultime battaglie. Ma erano troppi. E ricevevano senza sosta rinforzi, avvicendamenti, rifornimenti. Era un esercito ben equipaggiato, sempre più numeroso, e i loro generali avevano adottato una tattica vile e spregevole: liberavano i peggiori criminali dalle prigioni delle città conquistate e li ingaggiavano come mercenari e informatori per compiere nefandezze e fiaccare così la resistenza locale. Quelle carogne ricevevano compensi e potevano saccheggiare e stuprare quanto e più delle milizie volontarie, per di più conoscevano bene il territorio e sapevano chi torturare per ottenere informazioni su di noi.

Non restava altro che convergere su Città del Messico, dove si sarebbe ricostituito il San Patricio. Patrick Dalton, l'amico Paddy, era ancora al mio fianco. Tanti altri riposavano dove erano caduti.


*Riabbracciai Consuelo a San Ángel. Ci eravamo acquartierati in quell'accogliente e antico sobborgo a sud della capitale nell'attesa dell'ultima battaglia: anche se ormai tutto era perduto, ci restava la speranza di bloccarli alle porte di Città del Messico infliggendo abbastanza perdite agli invasori da co-*

*stringere Taylor e Scott a trattare un armistizio onorevole. Per noi del San Patricio, comunque, non vi era alcuna possibilità di arrendersi. Questo lo sapevamo fin dall'inizio, fin dai giorni di Matamoros e Palo Alto.*

*Consuelo non tentò di convincermi a scomparire altrove: se avessi voluto, lei avrebbe potuto procurare per entrambi un rifugio sicuro più a sud, nel Morelos, dove conosceva una famiglia di allevatori di cavalli che si erano armati per organizzare una* guerrilla. *Nella* loro *hacienda nessuno ci avrebbe mai cercati. Io lo sapevo e lei lo sapeva, ma entrambi evitammo di parlarne. Consuelo si limitò a pregarmi, con le lacrime che scendevano sul suo bel viso dai tratti indigeni, sgorgando da quegli occhi di ossidiana in cui mi smarrivo, a pregarmi di rimanere vivo... "Non farti ammazzare proprio adesso, Jon", e aspirava la* j *facendone un sussurro che mi spezzava il cuore, "non adesso che tutto è perduto. Abbiamo ancora una vita davanti e possiamo viverla insieme, Jon... hai fatto più di quanto questo paese meritasse, questo nostro sventurato México nelle mani di avvoltoi avidi di potere e incapaci di gestirlo..."*

*Cosa potevo risponderle? Mi sforzavo di sorriderle e le stringevo la mano tra le mie, accarezzandola, le scostavo i capelli scuri dal viso, la baciavo sulle labbra con infinita tenerezza, e lei mi si avvinghiava disperatamente trasformando l'angoscia in passione.*

*Facevamo l'amore con un senso di morte in gola, scambiando le nostre salive amare come la terra lavica dei campi intorno, e a ogni culmine di piacere chiedevo al mio cuore di fermarsi, di smettere di pulsare impazzito... Spaccati cuore, e fammi morire tra le sue braccia.*

*Ma il cuore non mi ha mai dato retta, altrimenti non sarei qui.*

*Ero diventato cupo e taciturno, e Consuelo soffriva per i miei lunghi silenzi. Ogni tanto, grazie al mezcal, mi infervoravo e allora straparlavo, maledicendo i governanti del Messico e quel cialtrone di Santa Anna, che ci aveva condotti alla disfat-*

*ta. Consuelo sapeva il fatto suo, in questioni politiche, si districava nel groviglio di ambizioni e interessi, corruzione e tradimenti... Un giorno glielo chiesi apertamente, cosa pensasse di Santa Anna, e lei rispose che Santa Anna era un personaggio indecifrabile, un trasformista che, purtroppo, aveva un certo carisma: troppa gente lo considerava ancora un eroe, "perché," disse, "noi messicani ci innamoriamo dei perdenti, e più Santa Anna colleziona sconfitte, più guadagna consensi". Ma Consuelo non credeva che avesse davvero fatto un patto con il presidente Polk. Non lo credeva allora. Oggi, a qualche anno di distanza e con tutto quello che siamo venuti a sapere, le prove non esistono, però... Santa Anna aveva calcolato che, favorendo le sconfitte in tutte le battaglie, avrebbe permesso agli invasori di arrivare nella capitale e di costringere così il parlamento ad accettare un trattato di pace devastante: secondo lui il Texas era comunque irrecuperabile, e pazienza per la California, con tutte le sue ricchezze, perché in fin dei conti i ricchi haciendados di origini spagnole preferivano appartenere a una potente nazione che a un paese perennemente in preda a convulsioni di potere e rovesciamenti di fronti politici. Quindi, che andasse a farsi fottere una metà del territorio messicano, lo sterminato Nord, pur di consolidare il miserabile trono su cui si illudeva di sedere, quello scellerato che si faceva chiamare Sua Altezza Serenissima, neanche fosse stato un monarca.*

*Un simile disastro avrebbe spazzato via l'intera classe politica, tranne lui, pronto a presentare il conto a Washington e ai suoi generali per farsi insediare al governo. Ma i suoi calcoli erano sbagliati: i vincitori non rispettano nessuno, men che mai i traditori. Chi ha tradito una volta, può tradire ancora.*

# 12.

## Gli ozi di Saltillo

La cattedrale barocca di Santiago Apostolo svettava sulla plaza de Armas, e il capitano Aaron Cohen oziava seduto su una panchina dei giardini accanto al chiosco, come un qualsiasi viandante straniero in grado di apprezzare quel sublime esempio di arte coloniale. Aveva in mano una lettera della madre, recapitata il giorno prima, in cui gli raccontava della vita quotidiana nella grande casa di famiglia a Boston, rimasta vuota dopo la morte del marito e la partenza per la guerra del suo unico figlio. Una missiva colma di rimpianti, che aveva riletto più volte e a cui non si decideva a dare risposta. Cosa avrebbe mai potuto scrivere a sua madre, per rassicurarla? Che si trovava in un luogo ameno, dove il sole rendeva accecante l'orizzonte orlato dalle alte montagne della Sierra Madre Orientale? Che stava combattendo una guerra iniqua, contro genti ben diverse da come venivano descritte sui giornali che lei leggeva ogni mattina, avida di notizie sugli eroici ragazzi che portavano la civiltà tra i barbari?

Vide un anziano mendicante che si avvicinava, appoggiandosi a un bastone ritorto: aveva teso la mano a una donna con una cesta di pane sulla testa; lei, senza quasi fermarsi, aveva allungato il braccio e preso una piccola pagnotta per darla al pover'uomo, scalzo ma con i logori vestiti di cotone grezzo tutto sommato puliti. C'era dignità persino negli straccioni, pensò il capitano. Infilò la mano in tasca, cercando una moneta. Quando accennò a dargliela il vecchio lo fissò, poi riprese a camminare, lo sguardo sulle crepe e le asperità del selciato.

Il capitano Cohen rimase a osservarlo a lungo, assorto in pensieri cupi. Finché avvertì un intenso odore di tabacco dolciastro: della Virginia, senza dubbio. Si voltò. Il generale Zachary Taylor tirava boccate dalla pipa di caolino, fingendo di interessarsi alla cattedrale e ai suoi infiniti ghirigori in pietra color ocra. Cohen sbirciò indietro e scorse un drappello di fanti, la scorta del generale a passeggio. Si alzò sbuffando, più per il fastidio di essere stato interrotto in quel momento di quiete, che per il caldo della mattinata assolata.

"Stia comodo, capitano. Posso?" disse Old Zack indicando la panchina. Il capitano accennò il saluto, ma non si rimise il berretto d'ordinanza. Quando l'anziano generale si accomodò digrignando i denti per le giunture anchilosate, anche lui tornò a sedersi.

I due rimasero in silenzio per un po' a guardare la piazza e i rari passanti. Quattro monelli si rincorrevano, poi, accortisi dei militari, confabularono a bassa voce e sgattaiolarono via.

"Su questo ha ragione lei," mormorò il generale.

"Prego?"

"Sul fatto che ci odieranno sempre. Anche quelli che crepano di fame, hanno dentro una cocciuta fierezza che ce li renderà nemici in eterno, anche se portiamo loro il progresso."

Aaron Cohen sospirò, annuendo.

"Forse non sanno che farsene, del nostro 'progresso', signor generale."

Taylor soffiò il fumo in alto abbozzando un sorriso.

"Non si illuda che siano tutti così. I messicani della California stanno già facendo ottimi affari con noi."

Il capitano rimase in silenzio, indeciso se replicare. Poi non riuscì a trattenersi:

"Forse si riferisce all'Alta California, perché nella Baja

prima hanno respinto un nostro sbarco a Mulegé infliggendoci pesanti perdite e ora si sono organizzati in *guerrillas* attaccando i nostri contingenti persino a La Paz".

"Sì, ne sono informato," disse il generale. "Ma è solo questione di tempo, e non durerà granché: anche lei, da quando l'ho assegnata alla fureria, sta elargendo somme ai contadini della zona per rifornirsi di viveri."

Cohen ebbe un gesto di stizza.

"I contadini hanno ben poco da vendere, e in quanto ai proprietari delle fattorie... Le ho stilato un rapporto dettagliato, non lo ha letto?"

Old Zack soffiò il fumo e assunse la solita espressione paziente.

"Ho letto, ho letto," rispose con voce stanca. "Dieci carri di mais e fagioli, che all'ultimo momento si sono rifiutati di consegnarvi. Nulla di grave, un moto di patriottismo vacuo e di pura propaganda. Vorrà dire che la prossima volta chiederanno un prezzo più alto."

"Temo che lei non abbia letto la parte finale, in cui denunciavo che i volontari del Kentucky sono tornati lì la sera e hanno dato alle fiamme l'*hacienda*. Per quella gente non ci sarà una prossima volta."

Il generale rimase in silenzio e si mise a pulire la pipa. Quando Cohen cominciava a non reggere più la tensione, disse in tono perentorio:

"Capitano, lei è sprecato qui. Un ufficiale di West Point, in un posto dimenticato da Dio come Saltillo. Ho deciso che la mando a coprirsi di gloria".

"Ha detto gloria, signor generale? In una guerra come questa?"

"Non abusi della mia pazienza, capitano: ogni giorno devo reprimere il senso del dovere che mi imporrebbe di inviare un rapporto a Washington sul suo atteggiamento disfattista. Si è chiesto perché tutti i suoi pari grado sono stati promossi sul campo e lei è ancora con quei gradi sulla giubba?"

"Forse perché ho un nome da giudeo?" ribatté Aaron Cohen in un tono scanzonato che mandò il generale su tutte le furie.

"La smetta di dire insulsaggini. È questo suo rancore fuori luogo che fa di lei un ufficiale frustrato e incline all'insubordinazione. A volte non mi spiego perché non si sia unito a quel branco di traditori irlandesi. Le cause perse sembrano la sua massima aspirazione."

Il capitano Cohen si alzò, mise il berretto, si irrigidì sull'attenti.

"Con il suo permesso, devo rientrare al quartier generale per coordinare i lavori di approvvigionamento."

Old Zack scosse la testa e lo fissò negli occhi.

"Sarò schietto: non vedo l'ora che si tolga dai piedi. Ogni sera mi aspetta sul tavolo uno dei suoi rapporti infarciti di lamentele e accuse infondate contro i miei soldati. Non doverli più leggere sarà un sollievo. Domattina all'alba partirà con un convoglio di carri e artiglierie leggere diretto al porto fluviale di Matamoros, toccherà a lei comandare la scorta. Là, si imbarcherà su una nostra unità da guerra per Veracruz, da dove raggiungerà le truppe del generale Scott. Si faccia onore, capitano Cohen."

"L'onore lo abbiamo perduto guadando il Río Bravo," mormorò lui facendo il saluto militare.

"Scompaia dalla mia vista prima che ordini ai miei uomini di metterla agli arresti."

# 13.

## Padierna: l'eterno dilemma

Il 7 agosto 1847, la II divisione al comando del generale Twiggs si mise in marcia dagli accampamenti di Puebla, mandando in avanscoperta la cavalleria del colonnello William Harney. L'indomani fu seguita dalla IV divisione Volontari con alla testa il generale Quitman, unitamente a un reggimento di marines. Il giorno 9 partì la I divisione di Worth, e il 10 la III di Pillow. Il generale Scott si mosse con la sua scorta una volta ultimate le complesse operazioni per l'avanzata di dodicimila uomini con tutte le artiglierie, le munizioni e le vettovaglie al seguito. Iniziava la conquista di Città del Messico.

Alle due del pomeriggio del 9 agosto, nel cuore della capitale echeggiò un colpo di cannone: annunciava che le truppe nemiche avevano lasciato Puebla e, quindi, l'imminenza dell'attacco. Le caserme della Guardia Nacional si mobilitarono, mentre accorreva una folla di volontari a chiedere di essere arruolati. Santa Anna approntò l'estrema difesa ordinando ai battaglioni Bravos, Victoria, Hidalgo e Independencia di trincerarsi sulla roccaforte di Peñón Viejo, un'altura rocciosa che dominava l'ingresso orientale della capitale, sulla strada che proveniva da Puebla.

L'idea iniziale di Scott era di compiere un lungo giro per attaccare da sud-ovest, evitando lo scontro a Peñón Viejo. Ma la marcia era faticosa, sia per il terreno paludoso e costellato di zone lacustri, sia per i continui attacchi dei *guerrilleros* che rallentavano l'avanzata infliggendo perdite giorno e notte e costringendo i contingenti a fermarsi per fronteggiarli. Dopo aver costeggiato le rive meridionali dei laghi Chalco e Xochimilco, il 18 agosto Scott raggiunse il sobborgo di Tlalpan, dove insediò la base operativa e cambiò i piani decidendo di saggiare un'avanzata da sud. Tutti i piani di Santa Anna andavano a rotoli: la principale linea difensiva era sul versante orientale, mentre da Tlalpan gli invasori si trovavano davanti soltanto la ridotta dell'Hacienda San Antonio e il ponte di Churubusco con il vicino convento fortificato. Lo stato maggiore messicano aveva escluso che Scott potesse scegliere questa via, considerando il terreno accidentato della vasta piana lavica, anche qui detta El Pedregal come a Cerro Gordo. Per lo stesso motivo, Scott stava decidendo di attaccare dalla parte di Mexicalcingo, dove le linee messicane gli avrebbero però dato filo da torcere, avventurandosi in una sorta di operazione anfibia che prevedeva l'imbarco su canoe e chiatte della divisione di Worth, che negli ultimi mesi si era unita a lui lasciando il corpo d'armata di Taylor. Il generale Worth fu irremovibile, rischiando la corte marziale per essersi ostinato a discutere gli ordini: riteneva che l'idea di attraversare le lagune fosse a dir poco strampalata. Mentre nello stato maggiore Scott perdeva le staffe e Worth continuava a sostenere le sue ragioni, il tenente colonnello Duncan tornava da un'esplorazione annunciando che era possibile avanzare da sud via terra. Scott, alla fine, acconsentì.

Nel frattempo, Santa Anna e i suoi generali continuavano a illudersi che la conformazione del terreno, le paludi, le colate laviche, e soprattutto la stagione delle piogge che rendeva fangosa la via di accesso tra il Lago Chalco e le montagne, portassero a escludere un attacco da sud. La beffa fu che persino i comandanti del genio statunitense riconobbero la validità delle linee difensive e delle fortificazioni sul lato orientale: un'immane mobilitazione del tutto inutile, che vide migliaia di soldati e volontari scavare trincee e costruire parapetti.

Quando infine Santa Anna fu informato degli spostamenti del nemico, superata l'incredulità stabilì che l'estrema difesa della capitale andava approntata nel sobborgo di San Ángel, dove le truppe di Scott stavano convergendo. Il 18 agosto, i soldati messicani osservavano l'avanzata del nemico dalle Lomas del Toro, le colline che si elevano tra San Ángel e il villaggio di San Jerónimo. Nella piana cosparsa di pietre laviche sorgeva il *rancho* di Padierna. Lì, da due giorni, stazionavano le truppe al comando del generale Gabriel Valencia, accorso in difesa della capitale da San Luis Potosí. L'andirivieni di portaordini a cavallo era incessante. Valencia mandava dispacci a Santa Anna avvertendolo che, se non avessero inchiodato l'esercito invasore nella località di Padierna, questo avrebbe aggirato le colline piombando alle spalle di Churubusco e senza incontrare resistenza a San Ángel, priva di fortificazioni. Santa Anna gli mandava a dire di tenersi pronto alla ritirata per unirsi alla sua armata e ingaggiare battaglia nella piana di Churubusco, con il doppio delle forze da mettere in campo. Valencia rispondeva che era una follia concedere tanto vantaggio agli invasori. Santa Anna ordinava al battaglione San Patricio di attestarsi sul ponte di Churubusco rafforzandone le difese con sacchi di sabbia, assumendo anche il comando delle batterie sugli spalti del convento. La sera del 18 agosto, Santa Anna inviò a Valencia un ordine perentorio: marciare verso Coyoacán e portare tutta l'artiglieria a Churubusco.

Ma il generale Valencia, oltre che convinto di poter infliggere al nemico una sconfitta su un terreno a lui favorevole, nutriva una profonda avversione per Santa Anna: che lo considerasse o meno un traditore, a quel punto poco importava. Valencia assaporava la vittoria che avrebbe oscurato definitivamente il Generalísimo decretando il suo trionfo.

All'alba del 19 agosto ci furono i primi scontri a fuoco fra le avanguardie statunitensi e reparti di *guerrilleros* al comando di Agustín Reyna, divenuto ormai un veterano in quel genere di combattimenti "mordi e fuggi". Scott divise le sue forze in due: una colonna marciò al fronte d'attacco, un'altra aggirò la collina di Zacatepec e, riuscendo a far transitare le artiglierie sul Pedregal, prese d'infilata il fianco destro dello schieramento messicano. Valencia non si perse d'animo e, forte del suo ascendente sull'Ejército del Norte, incitò i soldati a non cedere. Le linee ressero l'impatto, e contrattaccarono. A mezzogiorno, Valencia inviò i reggimenti Guanajuato e Aguascalientes a ingaggiare combattimento nel settore di San Jerónimo, per appoggiare la carica della cavalleria del generale Torrejón. Alle due del pomeriggio, la battaglia infuriava in tutta la piana di Padierna. E gli statunitensi non avanzavano, subendo contrattacchi senza tregua. Per di più, le artiglierie al comando del generale Mendoza si dimostravano micidiali, dato il terreno favorevole su cui manovravano. Scott mosse anche le riserve e le retroguardie, per sfondare quelle linee. I messicani si ritirarono in buon ordine, stabilendo un nuovo schieramento difensivo. Valencia aveva dalla sua almeno una ragione: poteva confidare su truppe affiatate che avevano sviluppato uno spirito di corpo nei lunghi mesi trascorsi nel deserto, truppe formate in maggioranza da veterani e non da reclute dell'ultima ora.

Poco prima dell'imbrunire, le truppe di Scott riuscirono a stabilire un caposaldo a San Jerónimo, punto strategico grazie al bosco che offriva riparo ai fucilieri. I dragoni messicani si lanciarono alla carica guidati dal generale Frontera, nel tentativo di riconquistare la posizione che, per un grave errore strategico di Valencia, non era stata occupata dalla fanteria. Ben piazzati dietro i fusti degli alberi, i fucilieri nordamericani fecero strage della cavalleria, e lo stesso Frontera cadde crivellato di colpi. In quel frangente critico, quando le sorti della battaglia sembravano capovolgersi, si udirono i rulli di tamburi di un reggimento a passo di marcia d'assalto, fucili spianati e baionette inastate: erano gli uomini del generale Pérez, giunti a dare manforte. Tra le schiere messicane si levarono urla di incitamento, tutti ripresero vigore e si lanciarono allo scoperto, convinti che finalmente Santa Anna avesse preso la decisione giusta. Non erano molti, i fanti di Pérez, ma anche tra gli statunitensi si diffuse la notizia che il grosso delle truppe messicane stava entrando in combattimento. E questo fece la differenza. In pochi minuti, fu lo schieramento di Scott a ritrovarsi tagliato in due, con il pericolo di vedersi aggirare le posizioni subendo un attacco laterale e alle spalle.

In realtà, Santa Anna non aveva affatto ordinato di intervenire massicciamente: Pérez si trovava a poca distanza dall'infuriare della battaglia e gli era stato "consentito" di avanzare, senza ulteriori rinforzi. Ma questo bastò a galvanizzare i soldati, e Valencia ne approfittò per lanciare un attacco sul *rancho* di Padierna: pur decimati dalle scariche di fucileria, i messicani lo espugnarono alla baionetta.


Al calare della sera, i combattenti di Valencia resistevano e quelli di Scott cominciavano a scoraggirsi: non si aspettavano una simile reazione da parte di un contingente inferiore per numero e mezzi. Intanto, Santa Anna faceva mettere a verbale dallo stato maggiore che il generale Gabriel Valencia aveva ingaggiato battaglia di propria iniziativa e sotto la sua totale responsabilità. Valencia inviava staffette a scongiurarlo di mandargli immediatamente rinforzi, truppe fresche con cui contrattaccare e vincere. Santa Anna nemmeno gli rispose. Durante la notte, si scatenò un acquazzone. I soldati messicani erano stanchi e bagnati fradici. Le polveri dei moschetti, irrimediabilmente umide.

All'alba del 20 agosto, tre divisioni statunitensi andarono all'assalto coperte dal fuoco delle artiglierie e da un fitto lancio di razzi. I messicani poterono combattere solo con baionette e sciabole: i soldati in prima linea premevano il grilletto e si udivano soltanto gli scatti metallici. La loro sorte era segnata. Il grande paradosso di quella guerra era che gli invasori, pur combattendo in territorio ostile, disponevano di una efficiente logistica, di rinforzi, rimpiazzi, rifornimenti, e di attrezzature adeguate per riparare le polveri sotto la pioggia o per riceverne di asciutte dalle retrovie. I messicani, che difendevano la propria terra, non avevano abbastanza armi e munizioni e spesso pativano la fame e la sete.

Santa Anna osservava la disfatta dalla terrazza di una sontuosa dimora coloniale di San Ángel, la Casa del Risco, e preparava l'ordine di arresto per il generale Valencia.


Dopo l'assurda sconfitta di Padierna, il dilemma tra inettitudine, capriccio o tradimento propenderà verso quest'ultima convinzione: al Congresso di Città del Messico, il deputato Ramón Gamboa fece un durissimo intervento accusando Antonio López de Santa Anna di alto tradimento e di aver agito nell'interesse degli invasori. Altre voci si levarono in difesa del generale presidente, asserendo che la colpa era tutta di Valencia per aver disobbedito agli ordini. Mentre quelli discutevano accalorati insultandosi, la capitale si apprestava a vivere i giorni più tragici e umilianti della sua storia. E non pochi chiamavano *nuevos conquistadores* i militari statunitensi. Perché la loro era ormai una guerra di conquista, a distanza di tre secoli e mezzo da quella che aveva decretato la fine della civiltà azteca.

# 14.

## Nel tempio del dio della Guerra

Churubusco era il nome di un piccolo fiume che scorreva a poca distanza dal convento a cui aveva dato il nome. Lo chiamavano tutti così anche se era dedicato a Nuestra Señora de los Ángeles e comprendeva la chiesa di San Mateo. Si trattava dell'ennesima storpiatura tramandata dai *Conquistadores* spagnoli, in questo caso piuttosto fantasiosa visto che in origine, per gli Aztechi, era stato Huitzilopochco, "luogo del tempio di Huitzilopochtli", dio della Guerra e del Sole.

Quel mattino del 20 agosto 1847 i campi di mais intorno brulicavano di soldati e di civili che, scappando verso la capitale, intralciavano il passaggio di carri e affusti di artiglieria. Durante la notte Santa Anna aveva ordinato al generale Pérez di prendere posizione con duemila uomini di fanteria e qualche cannone sul ponte, da cui le truppe statunitensi sarebbero dovute passare per forza: usando gli argini come parapetti, i soldati messicani si apprestarono a sbarrarne l'avanzata, che dopo Padierna era divenuta una corsa di drappelli sparsi che sparavano nella schiena agli sconfitti del generale Valencia, in rotta. Intanto, i generali Pedro María Anaya e Manuel Rincón disponevano di circa milleduecento uomini per difendere il convento, abbandonato in fretta e furia dai frati: si trattava perlopiù di volontari che si erano arruolati nella Guardia Nacional formando due battaglioni, Bravos e Independencia. Scott, galvanizzato dalla vittoria a

Padierna, si apprestava a scatenare l'attacco all'ultima ridotta messicana con circa novemila uomini.

Il comportamento di Santa Anna lasciava intendere che voleva tenere accanto a sé le truppe migliori, affidando la difesa di Churubusco a studenti, artigiani, impiegati statali e tanti giovanissimi figli del popolo accorsi nelle caserme pochi giorni addietro, gente che a malapena aveva imparato a caricare un fucile e a prendere di mira un bersaglio su un muro. Come dire che dava per persa in anticipo quella battaglia, sacrificando i meno esperti tra i suoi: eppure, in quell'estremo tentativo di bloccare gli invasori si giocava la presa di Città del Messico. Forse, al di là dei suoi calcoli, Santa Anna si preparava semplicemente a un trattato di pace, convinto che non vi fosse più nulla da salvare se non il proprio futuro politico: infatti, in quel momento si trovava tre chilometri più a nord. Gli unici veterani che si schierarono al fianco di quegli uomini e ragazzi destinati a fare da carne da cannone furono quelli del San Patricio. Per il Generalísimo andava bene così: civili in armi e stranieri, mescolati a esigue truppe di linea e a qualche soldato di Valencia che aveva tenuto in spalla il proprio moschetto anziché sparpagliarsi per le campagne fangose.

Il sole non era ancora spuntato quando John Riley e i suoi avevano coordinato i febbrili lavori per fortificare il ponte e scavare trincee lungo gli argini del Río Churubusco, assieme ai duemila soldati al comando del generale Pérez. C'erano sei pezzi di artiglieria: gli irlandesi li piazzarono in modo da coprire il fronte e i fianchi. Si schierarono al di là del ponte, con alle spalle il corso del fiume, oltre il quale i volontari avevano scavato buche e fossati usando la terra smossa come riparo per sparare. Il Batallón de San Patricio comprendeva due compagnie, poco più di duecento uomini in tutto.

Alle sette del mattino comparvero le avanguardie del generale Worth. Spuntavano tra gli alberi, avanzavano con cautela mentre gli ufficiali osservavano con i cannocchiali il convento e il fiume: Worth venne informato che i messicani avevano stabilito una testa di ponte a Churubusco e disponevano di cannoni, anche se da laggiù era impossibile capire quali forze avessero messo in campo. Schieramento da battaglia: un primo reggimento di fanteria si mise in marcia, fucili imbracciati. Un secondo lo seguiva a breve distanza. Affusti trainati da cavalli percorrevano veloci i fianchi, batterie del 3° reggimento di artiglieria presero posizione sulla sinistra, il secondo sulla destra; le comandava il colonnello Duncan. John Riley ordinava, si raccomandava, supplicava i volontari di non sparare finché i nemici non fossero stati a poche decine di metri. Sapeva che la loro mira era pessima; sapeva che i loro moschetti avevano la gittata corta.

Il sole illuminò la pianura creando un acceso contrasto con le grosse nubi nere che si erano squarciate: la stagione delle piogge aveva reso le *milpas*, i campi di mais, fangaie che rallentavano l'avanzata del nemico. Huitzilopochtli stava tentando di dare una mano ai suoi sventurati figli.

"Meglio così: più il terreno è bagnato, meno potranno mandarci addosso la cavalleria," disse Patrick Dalton.

Riley non rispose, stava fissando qualcosa un centinaio di metri davanti alle loro postazioni, fra due campi coltivati e costeggiati da agavi giganti, in pratica al centro della pista sterrata da cui arrivavano a passo di marcia due colonne di volontari: fucilieri del South Carolina e di New York, armati di carabine Kentucky; con quelle avrebbero aperto il fuoco di lì a pochi minuti, ben prima di essere alla portata dei vecchi Brown Bess del San Patricio.

Continuò a scrutare: sembravano due carri...

"*Téigh ag an diabhal!*" esclamò James Kelley. "Hanno tutta l'aria di essere le nostre munizioni di scorta."

E passò il cannocchiale a Riley. Sì, erano due carri militari: nella confusione della notte, tra civili e frati che fuggivano da Churubusco e l'andirivieni di soldati e rifornimenti per il convento fortificato, qualche scellerato li aveva lasciati impantanati lì.

"Se parto con otto cavalli riesco ad agganciarli e portarli qui," disse Paddy.

"Scordatelo: farebbero il tiro a segno in mille e neanche arrivereste a sfiorarli," rispose categorico Riley.

In quel momento echeggiarono salve di artiglieria, una dopo l'altra in rapida successione: le palle dei grossi calibri solcarono l'aria emettendo un sordo ruggito prolungato, poi le esplosioni sollevarono eruzioni di terriccio e fango nella piana che li separava dai carri. Solo un paio si abbatterono nei pressi del ponte, senza fare danni. Quando il vento disperse il fumo, dietro quei due maledetti carri c'era un brulicare di uniformi blu. Partirono le prime scariche di fucileria.

"State giù!" urlò Riley.

Le palle dei Kentucky piovvero sulle linee difensive come una grandinata. Qualcuna rimbalzò sul bronzo dei cannoni mentre la pietra antica del ponte si scheggiava sprizzando scintille, poche raggiunsero il bersaglio: un giovane soldato messicano che si era sporto dal parapetto crollò all'indietro con la testa spaccata a metà. Non trascorse neppure un minuto che arrivò una seconda scarica, più nutrita della prima: erano gli Springfield della fanteria regolare.

"Non sparate! State al riparo!" continuava a sgolarsi Riley, con gli altri irlandesi che si prodigavano a tenere ferme le giovani reclute del generale Pérez. "Fuoco di artiglieria in arrivo! Dentro i fossati!"

La bordata stavolta spazzò gli argini e le deflagrazioni squassarono il terreno davanti a loro. Erano rapidi a spostare i pezzi, pensò Riley. Si tolse il fango dalla faccia e riemerse dalla buca per fare segno a Kelley e Dalton di correre alle batterie.

Riuscirono a collimare il bersaglio dei due carri, poi dovettero sdraiarsi a terra prima che un'altra scarica di fucileria li prendesse d'infilata. Ci furono alcuni morti e feriti, tra quelli del San Patricio, ma subito dopo si precipitarono con le torce accese sulle culatte e i cannoni messicani risposero: uno dei due carri venne centrato in pieno e fece esplodere anche l'altro. Un'immensa eruzione di fuoco, seguita da una nube grigia, e tutti i soldati che si erano appostati dietro e attorno finirono smembrati. Per giunta, avevano piazzato una batteria di razzi proprio lì, senza rendersi conto di cosa contenessero quei due carri: altri scoppi a catena, con scie bianche verso il cielo in ogni direzione.

"Bel colpo, maggiore Riley," si complimentò il generale Pérez.

Le grida di giubilo durarono poco: l'intera divisione di Worth venne avanti a passo di carica. E urlavano come ossessi. Dietro, si stava schierando anche quella di Twiggs, pronta a entrare in combattimento.

"Madre Santa," mormorò un soldato messicano con le mani callose da contadino, "erano di meno le locuste che ci hanno invaso l'anno scorso!"

Riley e i suoi ricaricarono i pezzi con destrezza e rapidità, e la seconda salva aprì varchi nelle prime file degli attaccanti.

Sul fronte opposto, il generale Scott era giunto sul teatro delle operazioni con la retroguardia di Twiggs e ora osservava la scena attorniato dal suo stato maggiore.

"Hanno solo sei vecchi cannoni e ci stanno facendo *questo*," sibilò chiudendo di scatto il cannocchiale telescopico. "Da dove saltano fuori quei dannati artiglieri messicani?"

"Sono irlandesi, signore."

Scott si voltò a guardare chi avesse parlato.

"Ah, capitano Cohen... sta dicendo che si tratta ancora di quei disertori bastardi? Ma non li avevamo fatti fuori tutti tra Buena Vista e Cerro Gordo?"

"Non tutti, a quanto pare."

Il comandante in capo dell'armata d'invasione squadrò di traverso il capitano Cohen.

"Mi è stato riferito che lei ne ha conosciuti alcuni."

"Conosco chi li comanda, John Riley. Uno dei migliori ufficiali di artiglieria che avessimo nel nostro esercito."

Scott sputò un grumo di tabacco masticato e tornò a piantare gli occhi in quelli di Cohen.

"Se era un ottimo ufficiale, perché diamine è passato dalla parte di quel pagliaccio di Santa Anna? Cosa gli avrà mai promesso in cambio? *Señoritas* e *pesos* in oro?"

Gli altri ufficiali risero. Cohen rimase serissimo:

"Dubito che sia stato attirato da Santa Anna o da ricompense, Riley non è un mercenario".

"Riley è un traditore, e farà la fine che merita," tagliò corto il generale.

Poi, diede disposizioni a Twiggs:

"Faccia avanzare la sua divisione sul fianco sud. Mentre le truppe di Worth attaccano al centro, lei aggiri quella specie di fortezza e attenda un mio ordine. Ora dobbiamo prendere quel ponte".

La fanteria di Worth era ormai a poche decine di metri dal ponte e dai parapetti lungo il fiume. Ufficiali messicani e irlandesi continuavano a tenere fermi i soldati, che stavano cominciando a perdere il controllo dei nervi. Quando le urla degli assalitori divennero assordanti, Pérez e Riley alzarono e abbassarono le sciabole di scatto: un migliaio di moschetti spararono all'unisono, coprendo di fumo l'intera linea di combattimento. I cannoni del San Patricio, caricati a mitraglia, vomitarono pallettoni, chiodi e pietrisco. Nella nebbia della polvere da sparo, le grida si erano trasformate da incitamento in dolore: non si era ancora diradata la cortina di fumo, che la seconda fila aprì il fuoco. Le due compagnie del San Patricio agivano con impeccabile sincronia: si alternavano tra chi prendeva la mira e chi, immediatamente alle spalle, ricaricava tenendosi al riparo; una fila faceva fuoco, indietreggiava, un'altra prendeva il suo posto, e avanti così, finché il fronte d'attacco, scompaginato, cedette e gli statunitensi si ritirarono disordinatamente. Subito gli artiglieri caricarono palle esplosive e fecero un'altra strage nel folto dei fuggitivi.

Scott guardava attonito. Il generale Worth arrivò trafelato, tirò bruscamente le redini del cavallo e disse:

"La resistenza difensiva è maggiore di quanto pensassi".

"Lei smetta di pensare e porti i suoi uomini su quel fottuto ponte," fu l'ordine secco di Scott.

Il generale Worth salutò e ripartì, masticando imprecazioni tra i denti.

Scott si rivolse a un attendente:

"Dica al generale Twiggs di unirsi alle truppe di Worth, dobbiamo assolutamente sfondare prima di subire troppe perdite".

Ma anche la seconda carica fu sbaragliata dal fuoco dei difensori. Contrariamente ai timori iniziali, le reclute messicane avevano retto all'urto e nessuno si era fatto prendere dal panico. Poi, quando arrivò loro addosso una valanga di almeno seimila uomini che sparavano e avanzavano senza tregua, sia Pérez sia Riley accettarono l'inesorabile realtà: dovevano ritirarsi in buon ordine per unirsi al grosso dei difensori nel convento.

Dentro le mura di Churubusco c'erano millecinquecento volontari della Guardia Nacional al comando dei generali Manuel Rincón e Pedro María Anaya. I sette cannoni sugli spalti sparavano contro le truppe nordamericane, ma ben presto il colonnello Duncan riuscì a piazzare alcune batterie abbastanza vicino da centrare le linee difensive sul Río Churubusco e intorno al ponte. Il colpo decisivo fu dato dal contingente del generale Shields, che con una manovra laterale si insinuò lungo il letto del fiume e riuscì a unirsi all'8° reggimento di fanteria di Worth. A quel punto era diventato impossibile reggere lo scontro in campo aperto, lo schieramento messicano era spaccato in due e diversi settori cominciarono a sbandare e a sparpagliarsi nelle campagne. Le due compagnie del San Patricio ripiegarono in buon ordine tenendo in alto la bandiera verde del battaglione, coprendosi a vicenda con il fuoco alterno dei fucili. Ma non fu possibile portare via i cannoni. Quando furono di spalle al portone, Riley vide sbucare dal denso fumo che avvolgeva il ponte la figura agile dell'italiano Ciro: brandiva una *long carabine* presa al nemico e correva a perdifiato. Subito dopo, comparvero gli inseguitori, una dozzina di soldati che si ritrovarono improvvisamente allo scoperto: dagli spalti del convento aprirono il fuoco, abbattendone alcuni mentre gli altri tornavano repentinamente da dove erano spuntati. Ciro, senza fiato, mostrò una bisaccia con inciso sopra *South Carolina Volunteers*: si era procurato anche un po' di munizioni. Riley gli diede una pacca sulla spalla e aspettò che tutti gli uomini fossero oltre la soglia prima di entrare anche lui.

Erano le undici del mattino. Combattevano da quattro ore, ininterrottamente. Una volta dentro, si divisero le postazioni: quelli del San Patricio si disposero sugli spalti della facciata, sugli altri tre lati i volontari dei battaglioni Bravos e Independencia. I cannoni vennero rilevati dagli irlandesi, e quando gli attaccanti si radunarono per prendere d'assalto il convento, le scariche a mitraglia e di fucileria li falciarono. Ciro, appostato sull'alto della torre campanaria, centrò al petto un ufficiale che guidava il reparto più avanzato. Non aspettandosi una resistenza così accanita e un fuoco micidiale, le truppe nordamericane si ritrovarono nel caos: colonnelli e capitani che urlavano di andare avanti, salvo poi cadere feriti o morti, soldati che scappavano in direzione opposta, fumo e urla e sangue, tutto questo tra le agavi che punteggiavano la spianata e laceravano le divise di quanti si buttavano al riparo delle grandi foglie carnose e irte di aculei.

I generali Worth, Twiggs e Shields decisero di rimandare l'assalto decisivo per radunare le forze e ripristinare l'ordine sul campo di battaglia. Scott, invece, a debita distanza, non capiva perché ci volesse tanto a far fuori quell'accozzaglia di *greasers*. Nel gruppo di ufficiali che lo attorniava, il capitano Cohen ruppe gli indugi e osò dire la sua:

"A mio avviso, è un errore tattico attaccare quel convento fortificato".

Scott lo guardò come se fosse un grosso insetto repellente.

"Bene: sentiamo il parere di West Point," sbottò il corpulento militare che aveva fatto carriera sotto le armi ammazzando indiani, figlio di possidenti terrieri schiavisti della Virginia.

"Generale, potremmo aggirarlo e proseguire. Città del Messico è a poche miglia, perché accanirci su quella ridotta subendo gravi perdite?"

Scott sbuffò dalle narici, come un toro infuriato.

"Capitano, è questo che le hanno insegnato all'accademia? Là dentro ci saranno almeno un migliaio di bastardi che stasera verrebbero ad attaccarci alle spalle, unendosi alla *guerrilla* che già ci sta causando non pochi problemi." Riprese fiato e agitò l'indice minaccioso: "Ma soprattutto, ci sono quei topi di fogna irlandesi e, quanto è vero Iddio, io li stanerò! Non uno solo deve sfuggire al giusto castigo". Poi si rivolse a un attendente: "Accompagni il capitano Cohen dal generale Twiggs, e si sinceri che gli affidi una unità d'assalto affinché possa coprirsi di gloria".

Il tono era sarcastico, e Cohen ribatté:

"La ringrazio, è la stessa cosa che mi ha detto il generale Taylor spedendomi qui".

Scott sogghignò.

"E come se la passa, il mio vecchio amico Zack?"

"Bene. A Saltillo c'è un buon clima, per i suoi reumi."

Stavolta il generale scoppiò a ridere di gusto.

"Me lo immagino. Con l'ambizione politica che lo divora, a questo punto odierà i messicani persino più di me."

"Infatti non vede l'ora di tornare a casa."

Scott tornò serio:

"No, non a casa. Direi alla Casa Bianca. E ha tutti i requisiti per succedere a Polk: i nordisti lo stimano per i successi militari, i sudisti lo amano perché possiede un buon numero di schiavi. Il candidato ideale per piacere a tutti".

"Posso andare?"

"Si tolga dai piedi."

"Sì, anche questo me lo ha già detto il generale Taylor l'ultima volta che ci siamo visti."


Nel convento di Churubusco, verso mezzogiorno si era instaurata una breve tregua. Gli attaccanti stavano ricomponendo le file scompaginate dall'accanita resistenza dei difensori, e questi ultimi ne approfittarono per distribuire le ormai scarse munizioni.

John Riley fece ruotare il tamburo della sua Colt Peterson, che teneva con sé dal giorno della diserzione. Gli erano rimasti gli ultimi cinque colpi. Non era facile procurarsi palle calibro .36 nell'esercito messicano. Patrick Dalton fece altrettanto con la sua: tre colpi.

"Ma ne sparerò soltanto due," disse Paddy con un sorriso malinconico.

"Tu e io abbiamo un patto," disse Riley.

"Non essere egoista! Se devo sparare in testa anche a te, mi rimane un solo colpo per far fuori l'ultimo *mac strìopaich* che si affaccerà da quel muro."

"Anch'io terrò l'ultimo per me, ma... *quien sabe*, potrei rimanere ferito e avere bisogno della tua amicizia."

"D'accordo," acconsentì Paddy stringendogli un braccio, "andremo all'inferno insieme, così pianteremo grane anche laggiù."

"Con la fortuna che abbiamo, scopriremo che il diavolo è texano."

Paddy finse di rabbrividire, poi aggiunse:

"Potrebbe anche essere irlandese: noi finiamo sempre per fare i lavori peggiori".

Si divisero per coordinare il trasporto di polveri e palle di cannone alle postazioni sulle mura. Riley conferì brevemente con il generale Rincón, che gli segnalò alcuni dei suoi uomini rivelatisi ottimi tiratori. Riley consigliò di mandarli sulla torre campanaria con l'italiano Ciro, raccomandando loro di risparmiare le munizioni e di sparare solo sugli assalitori che fossero riusciti a superare la prima linea difensiva.

Prima che tornassero sui camminamenti e alle piazzole delle batterie, Riley e Dalton si sentirono chiamare: era James Kelley, che da una porta del magazzino faceva cenno di entrare; una volta dentro, Kelley mostrò loro una fiasca con due dita di whisky e tre tazze di terracotta.

"L'ho tenuto per l'ultimo *drowning the shamrock*!"

Paddy scosse la testa, sorpreso, e puntualizzò:

"Mancano i trifogli".

Kelley, con un sorriso trionfante, si tolse il berretto e tirò fuori tre gualciti trifogli:

"Li ho presi stamattina, all'alba, lungo gli argini del fiume".

*Drowning the shamrock* era un antico rituale irlandese: si metteva il trifoglio nel bicchiere, si brindava, e una volta bevuto, lo si toglieva dalla bocca per gettarlo dietro la spalla sinistra. Portava fortuna...

E così fecero i tre. Alla fine, il commento di Paddy fu:

"Non male. Sapeva di tintura di iodio, ma con un po' di fantasia mi ha ricordato la taverna del vecchio Malcolm, che rifilava il miglior torcibudella della contea distillato a casa sua. In quanto alla fortuna... chiedo solo di crepare in fretta e senza perdere pezzi sotto i ferri del cerusico".

"*Ádh mór ort!*" concluse Riley.

Poco più tardi, osservavano il dispiegamento delle truppe nella piana: la divisione di Twiggs sostituiva quella di Worth nel fronte d'attacco, soldati più freschi e meno terrorizzati dalle batoste appena ricevute dai commilitoni quel mattino.

Il capitano Aaron Cohen era sceso da cavallo e aveva preso il suo posto alla testa di una compagnia. Quando dagli spalti del convento fortificato giunse il suono malinconico di una cornamusa, riconobbe le note di *Amazing Grace*. Guardò la bandiera verde con il motto in oro, *Erin Go Bragh*, che sventolava sull'alto di un bastione. E si tolse il berretto.

Quel gesto fu imitato da diversi soldati. Qualcuno, forse, era di origini irlandesi o scozzesi. Altri lo fecero semplicemente per rispetto di un nemico valoroso. Il generale Twiggs ordinò di reprimere quei comportamenti: ufficiali a sciabola sguainata distribuirono piattonate sulle schiene dei soldati a capo scoperto, e chi reagì rabbiosamente venne messo agli arresti. Il capitano Cohen rimise il berretto, rassegnandosi a coprirsi di infamia.

Gli squilli di tromba e i tamburi diramarono l'ordine di avanzare a ranghi serrati, seguiti immediatamente dal fragore delle artiglierie. Dalle mura del convento di Churubusco si staccarono pietre e calcinacci, ma la costruzione era talmente solida da reggere agli impatti. Quelli del San Patricio manovrarono i loro pezzi con fredda determinazione, nonostante le palle di ogni calibro che volavano intorno a loro. Iniziò così un duello di artiglierie senza un istante di tregua. A ogni bordata degli attaccanti rispondevano i sette cannoni di Churubusco, e dopo oltre un'ora di deflagrazioni il colonnello Duncan ordinò la ritirata delle sue batterie: aveva perso ventiquattro uomini tra sottufficiali e serventi, più quattordici cavalli che trainavano gli affusti.

Gli irlandesi esultarono, ma era l'ennesima vittoria effimera: migliaia di fanti, nel frattempo, erano riusciti a raggiungere le mura, pur subendo gravi perdite. I volontari messicani della Guardia Nacional combattevano con ardimento e disciplina inaspettati, e dalla torre campanaria i tiratori scelti centravano i bersagli uno dopo l'altro, ma... proprio quando i difensori cominciavano a credere di poterli respingere per l'ennesima volta, un boato all'interno del convento raggelò gli animi. Fu come se la scena si paralizzasse:

tutti si voltarono a guardare l'enorme voluta di fumo bianco che si levava dal punto in cui c'era il deposito delle munizioni. Erano le ultime scorte rimaste. Con tutta probabilità, non era stato un colpo a mortaio degli statunitensi, ma una scintilla sprigionatasi chissà come, e con la polvere da sparo sparsa sul pavimento per la fretta dei soldati addetti a rifornire le prime linee, la fiammata aveva scatenato l'inferno. Con quel fumo, se ne andava in cielo la speranza di resistere.

Patrick Dalton scambiò uno sguardo con James Kelley: il primo scosse la testa, il secondo si strinse nelle spalle. *Ádh mór ort*, pensò Paddy, buona fortuna un accidente. Mai il rituale del *Drowning the shamrock* era stato più fallimentare.

Riley non aveva tempo per certi rimpianti: ispezionò uno per uno i cannoni sulle piazzole, e ben due erano fuori uso – le crepe nel bronzo delle bocche minacciavano di farli esplodere in faccia ai serventi. Ne restavano cinque. Ma senza polveri di riserva, presto avrebbero sparato l'ultima bordata.

Andò di corsa dal generale Anaya, che coordinava la logistica dall'interno del convento, mentre il generale Rincón comandava la resistenza sugli spalti. Riley voleva sapere se le staffette inviate a Santa Anna avessero sortito qualche risultato, ma prima ancora di raggiungere il quartier generale si imbatté in un gruppo di soldati che reggevano Anaya per le ascelle. Lo stavano portando nell'infermeria approntata dentro la chiesa. Anaya annaspava, aveva il viso insanguinato, ed era stato accecato dall'esplosione della santabarbara. Uno dei soldati proferì una tremenda bestemmia: "*¡Dios es yanqui!*".

# 15.

## Sul carro della disperazione

Consuelo cavalcava al galoppo attraverso campi di mais, canna da zucchero e onnipresenti maguey, l'agave gigante a cui doveva fino a quel momento la vita: scartando continuamente con precisi colpi di tallone e tirate di redini, era riuscita a non farsi scorgere dalle retroguardie nordamericane. Aveva evitato il sentiero di Peña Pobre, dove temeva di incontrare pattuglie nemiche, ma di fatto si trovava alle spalle dell'esercito invasore e dubitava che avessero lasciato indietro grossi contingenti. Tutte le truppe erano andate alla battaglia di Churubusco.

Quando finalmente passò sotto l'arco di pietra dell'antica *hacienda* diroccata, irruppe nel vasto patio tra piante infestanti e rampicanti che avevano ormai divorato le mura dell'abitazione principale. Fece impennare il cavallo, che lanciò un nitrito.

Dal folto della vegetazione spuntò prima la canna di un fucile, e poi un volto amico:

"Consuelo! Che diavolo ci fai qui?".

"*Hola* Zeferino. Cerco don Agustín: è qui?"

Il *guerrillero* annuì: Consuelo tirò un sospiro di sollievo. Aveva una gran voglia di scoppiare in lacrime, ma seppe contenersi.

Scese da cavallo, legò le redini a un albero e seguì Zeferino in un intrico di costruzioni semicrollate, fino a sbucare in uno spazio all'aperto circondato da cespugli e macerie.

Contro un muro annerito da muffe e polvere dei secoli, c'era un uomo con una benda sugli occhi. Tremava e mormorava qualcosa tra i denti, forse una tardiva preghiera.

"Quando hai stuprato quelle ragazzine che facevi? Ridacchiavi? Bene, ora piantala di implorare e muori da codardo quale sei!"

Era la voce inconfondibile di Agustín Reyna, comandante della *guerrilla* a sud di Città del Messico. A coprire la folta chioma portava un grande fazzoletto scuro, che lo faceva assomigliare ancor più a José María Morelos, uno dei leggendari artefici dell'indipendenza messicana. Nella fusciacca sul ventre teneva infilate tre pistole e indossava il tipico vestiario di cuoio dei *rancheros*, con sovrapantaloni fino alle cosce e stivali al ginocchio.

Il plotone di esecuzione era composto da cinque uomini, che stavano prendendo la mira quando si accorsero di Consuelo. Don Agustín fu sorpreso di vederla e interruppe la fucilazione per abbracciarla. Lei indicò lo sventurato:

"Hai tempo da perdere con simili cerimonie? Laggiù i nostri stanno morendo e voi rischiate di farvi individuare fucilando poveracci?".

Don Agustín fece un'espressione addolorata:

"*Querida*, ma hai visto di chi si tratta?".

Lei guardò l'uomo contro il muro, che adesso cercava di nascondere il volto chinandolo sul petto. Don Agustín lo afferrò per i capelli e gli tirò la testa all'indietro.

Consuelo a quel punto lo riconobbe.

Era uno dei *cabecillas* delle bande di criminali comuni liberati dagli invasori per fare da spie e da *contraguerrilla*, salvo che evitavano accuratamente di scontrarsi con gli uomini di Reyna ma si prodigavano a stuprare adolescenti e saccheggiare abitazioni di patrioti, dopo averli venduti agli *yanqui*. Quel tipo, in particolare, aveva capeggiato una delle imprese più efferate: la strage di un'intera famiglia, uno dei cui figli si era unito alla resistenza. Era stata violentata persino una bambina di dieci anni. Per ucciderli tutti, li avevano legati nella stessa stanza gettandovi poi un lume a petrolio, ed erano bruciati vivi.

"E per questo verme intendi sprecare tante munizioni?"

Don Agustín si schermì:

"Mi piace fare le cose secondo le regole, ma in effetti hai ragione, basta una palla in testa", e sfilò una delle tre pistole dalla fusciacca. Ma prima di giustiziarlo, ebbe un ripensamento: guardò Consuelo e le fece un cenno, un esplicito invito...

Lei prese la pistola dalla sua mano e fece tre rapidi passi avanti.

"In memoria di mio fratello," disse, e tirò il grilletto. La vampata avvolse la testa del mercenario, che rimbalzò contro il muro e crollò di schianto.

I cinque uomini del plotone annuirono in segno di grande stima e rispetto.

"Ora possiamo parlare?"

Don Agustín la ascoltò senza battere ciglio. Consuelo spiegò che i difensori di Churubusco non avevano ricevuto rinforzi né munizioni. Lei si trovava nel quartier generale di Santa Anna quando era arrivata una staffetta con la richiesta di polvere e palle da moschetto, ma il carro che il Generalísimo si era infine deciso a inviare era stato avvistato da esploratori *yanqui*, probabilmente volontari delle milizie: questi, dopo aver fatto il tiro a segno contro i tre soldati sul carro, si erano disinteressati credendo di averli ammazzati tutti. Uno però era ancora vivo, seppure ferito gravemente, e aveva portato il carro di munizioni fino a una piantagione di canna da zucchero, dove adesso giaceva.

"E tu come fai a sapere dov'è?" chiese don Agustín, intuendo la verità.

"Io... be', lo stavo seguendo a debita distanza."

"*Ay*, Consuelo! Ti sei forse messa in testa di raggiungere il convento assediato? *¡Que locura!* Perché gettare via la vita così, *mujer!* Ormai è tutto perduto, possiamo solo riorganizzarci e colpirli da *guerrilleros*... l'esercito è allo sbando e Santa Anna non vede l'ora di firmare la resa."

Lei sostenne il suo sguardo, senza dire nulla.

Don Agustín agitò le mani, sconsolato:

"Lo so, lo so, a Churubusco c'è quell'*irlandés*... Niente di peggio che mescolare l'amore alla guerra", e si batté un pugno sul petto. "Amare un uomo coraggioso, di questi tempi, porta soltanto lacrime."

Consuelo sembrò colpita al cuore da quelle parole: deglutì, e ancora una volta trattenne a fatica il pianto.

Lui le cinse le spalle con un braccio e abbassò la voce:

"*'Ta bien, Chelo, de acuerdo*". Quando usava quel diminutivo, voleva dire che si rassegnava a cedere alle sue richieste. "Andiamo a prendere quel *maldito* carro di munizioni."

Lei lo abbracciò di slancio, ma don Agustín alzò l'indice in segno di monito irrefutabile:

"Però esigo un patto: tenteremo di portare quel carro dentro le mura di Churubusco, e io comanderò una *partida* che distrarrà gli assedianti, ma tu devi giurarmi che non ci seguirai. *¿Hecho?*".

Consuelo lo fissò negli occhi a lungo, prima di decidersi a far segno di sì con il capo.

"Calixto! Raduna gli uomini!" Poi, quando vide le donne del suo gruppo *guerrillero* armate fino ai denti che montavano a cavallo, aggiunse: "*Y las mujeres también, por supuesto*".

La giornata assolata aveva asciugato il fango sulle piste e lo squadrone a cavallo di Agustín Reyna poté raggiungere al galoppo sfrenato la piantagione di canna da zucchero. Trovarono il giovane soldato a cassetta morto dissanguato. Se ne stava rannicchiato su un fianco, come un bambino addormentato. Non c'era tempo per seppellirlo. Anche due dei quattro cavalli erano feriti e furono sostituiti con quelli portati di scorta. Uno dei *rancheros* di Reyna salì e prese le redini. Reyna impartì direttive secche e concise: si trattava di percorrere una mulattiera tra i campi di agave e fichidindia, compiendo un giro che li avrebbe condotti alle spalle di Churubusco. Una volta usciti in campo aperto, avrebbero attaccato le retroguardie degli invasori per distrarli dal carro. "*Suerte, compañeras y compañeros*," furono le sue ultime parole, prima di spronare i cavalli.

Consuelo, rispettando il patto, rimase lì, a guardarli partire incontro alla *muerte*, chini sul collo dei cavalli per non farsi avvistare. Poi fece andare il suo cavallo al trotto, dirigendosi verso Iztapalapa, la periferia sudorientale di Città del Messico.

I *guerrilleros* di Reyna conoscevano perfettamente la zona e sapevano come aggirare le truppe nemiche restando al riparo delle piantagioni. Alcuni erano armati di lance, i fucili erano perlopiù vecchi Baker sottratti agli spagnoli della frustrata spedizione del generale Barradas nel 1829, e tutti disponevano di più pistole, revolver Colt Paterson e qualche rara Walker. Ma la loro forza consisteva soprattutto nella totale intesa con il proprio cavallo: riuscivano persino a ricaricare al galoppo, con le redini tra i denti. Negli scontri ravvicinati, il volume di fuoco dei *guerrilleros* di Reyna era dovuto ai tre o quattro tamburi di revolver da cinque e sei colpi che tenevano nelle bandoliere: li sostituivano in pochi secondi e riprendevano a sparare.

Fu in quel modo che irruppero nelle retrovie delle truppe di Worth, sulla retroguardia che si stava prendendo mezz'ora di riposo prima di unirsi all'attacco guidato da Twiggs e Shields. Scatenarono un pandemonio: i soldati correvano a cercare un riparo, colti di sorpresa da una turba di uomini e donne assatanati che sparavano e urlavano. I lancieri infilzavano a destra e a manca, le revolverate seminavano il caos, sciabole e machete spaccavano teste... quando tutto fu finito, con i *guerrilleros* che scomparivano tra agavi e fichidindia, nessuno si avvide di un carro che era sfilato a una certa distanza dal parapiglia, diretto al portone posteriore del convento di Churubusco.

Quando un ufficiale statunitense lanciò l'allarme, era abbastanza distante da non poter essere raggiunto. Un gruppo di artiglieri si precipitò a posizionare un cannone...

Dagli spalti, John Riley seguiva l'azione senza capire cosa stesse accadendo. Quando vide il carro trainato da quattro cavalli disperatamente frustati dall'uomo a cassetta, fece immediatamente piazzare uno dei cinque cannoni ancora integri su quel lato delle mura. La batteria nemica sparò un primo colpo, che deflagrò a una trentina di metri dal carro: sbandò, per un attimo sembrò rovesciarsi, ma poi si rimise dritto e proseguì. Riley calcolò l'alzo e fece fuoco. La palla esplose davanti alla batteria statunitense: non fece danni, ma per qualche istante il fumo e la pioggia di schegge e terriccio impedirono ai serventi di tentare un secondo colpo. E il carro entrò a Churubusco dal portone posteriore, tra le urla di gioia degli assediati.

# 16.

## Aquí no se rinde nadie

Per ricaricare i fucili si usavano piccoli cilindri di carta pressata: si strappava con i denti l'estremità e si versava la carica di polvere da sparo dosata per quel calibro; in fondo c'era la palla, anche se se ne teneva una scorta in una bisaccia appesa alla giberna o alla cintura, ma ormai tutti le avevano esaurite. Quando il primo soldato messicano fece quell'operazione, prendendo una cartuccia di polvere da una delle casse del carro, osservò attonito che la palla rimaneva in equilibrio sulla bocca del moschetto. Riley ebbe un brutto presentimento. Venne preceduto dal tenente Barry Fitzgerald, addetto alla distribuzione delle munizioni nella 2ª compagnia: spostò le casse, ne aprì alcune, lesse le indicazioni marchiate sopra le altre e scosse la testa:

"Sono tutte per il calibro .75".

I moschetti in dotazione ai volontari della Guardia Nacional erano Baker, in calibro inferiore, e anche chi disponeva di un Brown Bess, lo aveva nella versione da .72: armi raccattate dagli emissari di Santa Anna presso i trafficanti del Guatemala. Le palle da .75 non entravano nelle canne. Riley guardò negli occhi Barry Fitzgerald, e questi annuì:

"Sì, è proprio così: servono soltanto a noi".

Il battaglione San Patricio, unità scelta dell'esercito messicano, aveva in dotazione da tempo il moschetto Brown Bess di maggior calibro, cioè il .75. Questo significava che erano rimasti gli unici a poter continuare la resistenza.

Non restarono lì a maledire la sorte: Barry chiamò subito gli uomini del suo reparto e diede disposizioni per distribuire le cassette su spalti e feritoie. E a quel punto successe qualcosa che strinse il cuore ai veterani del San Patricio: i soldati messicani si misero a cercare in giro per il patio del convento, tra i cespugli, sotto gli alberi... frugavano nella ghiaia, in cerca di ciottoli di fiume abbastanza sferici da poter essere usati come proiettili. Polvere da sparo ce n'era ancora, ma non pallottole.

"Perché?" si chiese Paddy, come se parlasse da solo, osservando quella scena tristissima. "Se solo Santa Anna ci avesse rifornito di munizioni, avremmo potuto respingerli per giorni e settimane..."

"Forse è proprio quello che vuole," rispose Riley. "Farla finita prima possibile."

Paddy diede un morso rabbioso a una cartuccia e versò la polvere nel moschetto.

Riley conferì velocemente con il generale Rincón e alcuni ufficiali dei battaglioni Bravos e Independencia, già decimati e ora scoraggiati per la beffa del carro. L'accordo fu che quelli del San Patricio avrebbero retto l'impatto degli assalti in prima linea, mentre i messicani si sarebbero tenuti pronti a intervenire alla baionetta nei punti di sfondamento sugli spalti.

Le tre divisioni nordamericane stavano venendo avanti tutte assieme, circa novemila uomini a ranghi serrati, con le prime file che aprivano il fuoco e i soldati del genio subito dietro a brandire le scale: la cinta muraria di Churubusco era piuttosto bassa, poteva essere scalata rapidamente.

Cannoni caricati a mitraglia e fuoco a volontà. Scariche di fucileria. L'ondata di attaccanti si frantumò soltanto in alcuni punti, ci furono sbandamenti, e tra il fumo, le urla e gli spari, il convento era diventato un girone dell'inferno: uomini smembrati, sangue, furia e odio. Quelli del San Patricio ricaricavano i fucili con raggelante impassibilità, senza curarsi delle pallottole che fischiavano attorno a loro. Per chi cadeva, c'era immediatamente un messicano che imbracciava il suo moschetto e prendeva le sue munizioni. I barellieri correvano senza sosta dagli spalti alla chiesa. I cannoni del San Patricio aprivano vuoti nelle schiere più vicine, quelli di Duncan aumentavano l'intensità del bombardamento. Quando le prime scale artigliarono i varchi delle feritoie, i volontari messicani si gettarono avanti come belve con le baionette, brandendo anche sciabole, machete, mazze. Teste spaccate, gole infilzate, facce contratte nello spasimo di arrivare lassù, un marasma di corpi e colpi inferti disperatamente. L'attacco fu respinto. Squilli di tromba laggiù, a richiamare gli uomini per riorganizzare l'assalto. Squilli di tromba sulle mura a celebrare la fugace vittoria di un momento, e l'immancabile cornamusa di Cavanaugh.

Poi calò un silenzio irreale.

I combattenti, sudati, esausti, molti feriti ma non abbastanza gravemente da abbandonare l'arma, si riposarono senza fiatare, chi appoggiato a un muro, chi su un fianco, e qualcuno in piedi ma a occhi chiusi, reggendosi alla canna del fucile.

Il caporale Horst, l'ultimo tedesco del San Patricio ancora in grado di combattere, lasciò la feritoia dove era appostato e percorse il camminamento fino alla piazzola di una batteria. Salì sul muro e si mise ritto in piedi sul ciglio: offriva un bersaglio fin troppo facile. Altri compagni cominciarono a urlargli di scendere, ma Horst sembrava aver perso l'ultimo barlume dell'istinto di conservazione. Forse era il suo modo di ottenere la libertà estrema, evitando di essere catturato. E in un momento di strano silenzio, mentre gli attaccanti avevano smesso di sparare per capire cosa intendesse fare, il caporale Horst si mise a cantare. Tutti nel San Patricio apprezzavano la sua bella voce da tenore, che in tante nottate attorno al fuoco di un accampamento avevano ascoltato provando una commozione rara.

*Warum es so viel Leiden...*

Perché tanta sofferenza...

*Dass diese arme Erde nicht unsre Heimat ist...*

Questa povera terra non è la nostra casa...

Cantava una canzone popolare, che altri tedeschi del San Patricio avevano accompagnato in coro, ma loro non c'erano più, sepolti nei campi di battaglia o in terra consacrata, comunque presenti al fianco di Horst, che con quelle note dolenti, accorate, intonate con la sua voce vibrante, voleva ricordare e dir loro che stava per raggiungerli... *Und ist es uns hienieden, so öde, so allein, o lass in deinem Frieden uns hier schon selig sein...*

All'ultima strofa, con la voce che si propagava nelle volte dei porticati del convento e nella piana invasa dai soldati nemici, echeggiò una fucilata. Un tiratore scelto del reggimento New York Volunteers lo centrò al petto. Horst vacillò, il canto si interruppe. Non crollò, ma si piegò lentamente in avanti e cadde al di là delle antiche mura di Churubusco. Il silenzio teso e furente dei compagni superstiti fu lacerato da una seconda detonazione. Il tiratore scelto di New York, che stava nella prima fila dello schieramento, lasciò cadere la carabina e si portò le mani alla gola, mentre un fiotto di sangue gli arrossava la pettorina. Dall'alto del campanile, l'italiano Ciro sputò giù, in segno di disprezzo.

Fu come il segnale per la ripresa della battaglia.


Il generale Scott scrutava con il cannocchiale quel maledetto campanile. Fece chiamare il colonnello Duncan e gli ordinò di abbatterlo a cannonate.

Quando due affusti percorsero le retrovie dello schieramento per andare a piazzarsi sul fianco sinistro e colpire da distanza ravvicinata la torre campanaria, quelli del San Patricio si avvidero della manovra e tentarono di impedirla. Riuscirono soltanto a ritardarla, uccidendo qualche cavallo e ferendo diversi artiglieri nemici, ma ormai erano le ultime salve: palle esplosive esaurite. Rimaneva soltanto un po' di polvere per qualche tiro a mitraglia sulle truppe, al prossimo assalto.

La prima cannonata sbriciolò un angolo del campánile. La seconda prese d'infilata la finestra ad arco ed esplose all'interno, uccidendo tre fucilieri messicani. Riley ordinò di evacuare immediatamente il campanile. E alla terza cannonata sembrò che l'intera struttura dovesse cedere. In quel momento, una campana batté tre lugubri rintocchi. Nessuno capì se fosse un estremo segno di sfida o cos'altro. Poi, dal portone sbucò l'italiano Ciro, impolverato, che si soffiava sulle mani imprecando. Aveva usato la fune di una campana per calarsi giù in fretta e furia, e si era ustionato i palmi. Corse verso la scala laterale e raggiunse la postazione di Patrick Dalton.

"Carabina Kentucky senza munizioni. Posso avere il moschetto di Horst?"

Paddy glielo porse assieme a un tascapane con dentro una dozzina di cartucce:

"Sono le ultime".

"Anche i miei bersagli saranno gli ultimi. Ci rivediamo all'inferno."

Andò ad appostarsi a una feritoia, caricò il Brown Bess con pochi gesti rapidi e prese la mira, in attesa di vedere in faccia la prossima vittima.

Aprirono il fuoco solo quando gli assalitori furono a pochi metri dalle mura. Ultime bordate a mitraglia, e ultima strage di nemici: poi, i cannoni del San Patricio tacquero per sempre.

I serventi ai pezzi ancora vivi si procurarono fucili dai caduti, ma ormai anche le munizioni del carro si stavano esaurendo. L'italiano Ciro sparava, abbatteva, ricaricava...

Dopo, estrasse la pistola e sparò in faccia a un marine che era riuscito a raggiungere i camminamenti. Quindi la impugnò per la canna e andò a spaccarla sulla testa di un altro che stava arrivando da una scala di legno. Infine, inastò la baionetta e si unì ai messicani che si battevano all'arma bianca. Una prima fucilata lo fece piegare in due: si premette la mano sinistra sul fianco, guardò il sangue, e tornò a infilzare assalitori. Una seconda fucilata gli spezzò un braccio, e a quel punto non ce la fece a reggere il moschetto. Staccò la baionetta e avanzò, barcollando, verso la feritoia da cui spuntava l'ennesima testa. Alle sue spalle, un tenente del 4° Fanteria del colonnello Garland gli sparò una revolverata nella schiena. Ciro si voltò, lo guardò e lo maledì. Dove cazzo sono venuto a crepare, fu il suo ultimo pensiero. Poi, si lasciò cadere nel vuoto.

Nonostante tutto, l'attacco venne nuovamente respinto. I soldati statunitensi sembravano poco propensi a fare da bersaglio allo scoperto e ad arrampicarsi su una scala mentre dagli spalti si accanivano a frantumare crani, c'erano sempre meno volontari e sempre più riottosi. Gli ufficiali faticavano a mandarli avanti, sotto il fuoco micidiale dei difensori. Non potevano immaginare che stessero finendo le munizioni.

In quel momento, Riley scorse qualcosa che gli gelò il sangue nelle vene: scrutò meglio, verso il centro del convento, dove c'era il quartier generale. Era una bandiera bianca.

Patrick Dalton lanciò un urlo rabbioso e si precipitò correndo come un forsennato, scese dalle mura, risalì, raggiunse il soldato messicano che la stava agitando e gliela strappò dalle mani. Lo prese per il bavero e gli gridò sulla faccia: "¡Aquí no se rinde nadie!".

John Riley andò subito dal generale Anaya, all'interno del monastero. Lo trovò senza le bende sul viso: la cecità era stata temporanea, anche se aveva gli occhi arrossati e piccole ustioni sul resto della faccia.

"Maggiore Riley, il vostro coraggio è ammirevole, ma i

miei uomini non hanno più un solo colpo da sparare e io non permetterò che vengano sacrificati inutilmente."

"Noi del San Patricio abbiamo ancora munizioni. E non ci arrenderemo," fu la risposta perentoria di Riley.

Il generale Anaya sospirò e non aggiunse altro.

I combattimenti ripresero, ormai su tutti e quattro i lati del convento. Un fronte troppo vasto per coprirlo in meno di centocinquanta, dei quali molti erano feriti: quelli del San Patricio decisero di ritirarsi al centro del convento, riparandosi dietro i tronchi dei cipressi e dei frassini che ombreggiavano il patio di Churubusco. Portarono con loro la bandiera del battaglione, che piantarono nel terreno. Quando un'orda di nemici calò dai quattro lati e sciamò verso la chiesa e le mura interne, la scarica di fucileria la decimò: subito dopo, i messicani ancora in grado di battersi si lanciarono in avanti con le baionette spianate, e fu nuovamente una confusione di urla e corpi, fendenti e revolverate. Il generale Rincón guidava il contrattacco, grondando sangue dalla fronte. Qualcuno provò a sventolare una bandiera bianca per la seconda volta, e Paddy corse a strapparla come prima.

Le fucilate diventavano sempre più sporadiche. Dei duecentoquattro uomini del San Patricio che erano al mattino, alle due del pomeriggio se ne reggevano in piedi un'ottantina.

A furia di cannonate, il portone principale cedette. Dalla coltre di fumo, prese forma lentamente una selva di fucili puntati. I fanti statunitensi venivano avanti indecisi, guardinghi, aspettandosi l'ennesima scarica di mitraglia e pallottole. Dagli alberi del patio partirono gli ultimi colpi di moschetto. La risposta fu una grandinata di fucilate. Poi, inastate le baionette, quelli del San Patricio si lanciarono all'assalto. John Riley impugnava la sciabola e la Colt. Attorno a lui, irlandesi e messicani si battevano accanitamente, usando i moschetti come mazze. Nel furore della mischia, Riley vide un soldato nemico avventarsi alle spalle di Paddy, avvinghiato a un altro. Non esitò e gli sparò una revolverata nella schiena. In quel momento anche Paddy sparò nel ventre all'avversario con la sua Colt. Poi, i due amici si guardarono: entrambi agitarono i revolver ormai scarichi, e sorrisero amaramente. Nessuno dei due avrebbe potuto mantenere il patto.

La carneficina si interruppe. Gli attaccanti si ritirarono di poche decine di metri e ricaricarono i fucili. I pochi irlandesi e messicani si strinsero gli uni agli altri, intorno ai tronchi dei cipressi. Quando i fucilieri stavano per aprire il fuoco, davanti a loro si piazzò un ufficiale: aveva infilzato un fazzoletto bianco sulla sciabola e lo sventolava davanti ai suoi uomini.

Era il capitano Aaron Cohen.

"Cessate il fuoco! È finita! Basta!"

Per impedire che sparassero, continuava a camminare davanti ai moschetti puntati e teneva in alto l'improvvisata bandiera bianca.

Un colonnello lo raggiunse e chiese spiegazioni.

"Non hanno più munizioni," disse Cohen con la voce strozzata dalla concitazione, "stiamo massacrando uomini che non possono difendersi!"

Il colonnello guardò verso il gruppo di superstiti: brandivano fucili e non tutti avevano la baionetta, qualche sciabola, persino un paio di lance dei dragoni recuperate nel magazzino del monastero, erano sporchi di sangue, molti si sorreggevano a vicenda o si tenevano appoggiati agli alberi, uniformi lacere e impolverate, facce annerite dal fumo. Erano l'immagine della sconfitta. Eppure, non abbassavano le armi inutili che ancora tenevano in alto, davanti a loro, come a voler resistere all'ineluttabile. Erano sconfitti, ma non vinti.

Il colonnello annuì, e con la mano guantata fece segno di non sparare.

John Riley si incamminò. A passi lenti. Zoppicava. Il sangue gli imbrattava la faccia, la barba di vari giorni e i capelli stopposi erano impregnati di grumi rossastri, aveva una ferita al fianco e un'altra alla spalla, non profonde, come pure quella al ginocchio, e sentiva il piede nello stivale che sguazzava in un liquido appiccicoso... Ignorò i due ufficiali e si parò davanti ai fucili puntati. Con uno sforzo che gli fece contrarre la mascella, alzò la sciabola. Ma nessuno gli sparò. Ne scelse uno a caso e vibrò un fendente. Il soldato fu pronto a pararlo con il fucile impugnato a due mani. La lama si spezzò. Riley rimase a fissare l'elsa e il moncone di acciaio. La gettò a terra, umiliato.

Aaron Cohen gli andò di fronte.

"Vi scongiuro: accettate la resa. La guerra è persa. Non avete più alcuna speranza."

Riley tentò di darsi un contegno, raddrizzando la schiena che gli infliggeva fitte lancinanti. Lo fissò da vicino, come se faticasse a metterlo a fuoco. Non devo svenire adesso, non adesso, si ripeteva.

"Non mi stai facendo un favore, capitano Cohen..." riuscì a dire a stento. "Avevamo diritto a una morte dignitosa."

"Ma non avete il diritto di far ammazzare tutti i messicani nel convento."

Riley annuì. Poi si voltò a guardare i suoi compagni.

Qualcuno inghiottiva le lacrime, ma erano di rabbia, non di dolore.

Scorse Cavanaugh, che credeva morto. Il contadino della contea di Corcaigh lasciò la spalla di un altro irlandese a cui si appoggiava e fece due passi in avanti, reggendosi a malapena in piedi. Aveva ancora la cornamusa sul petto, e tentò di soffiarci dentro. Sfiatava, c'era un foro di fucilata nella sacca. Cavanaugh la fissò accigliato, la scostò e vide la macchia rossa nel petto e il buco. Si inginocchiò, quindi si lasciò cadere su un fianco. Patrick Dalton andò ad abbassargli le palpebre. Poi, gettò davanti a sé la sciabola. Uno dopo l'altro, i settantadue superstiti del San Patricio buttarono le armi nella polvere del patio di Churubusco. Dalton, intanto, sembrava recitare una preghiera per Cavanaugh, un mormorio sommesso:

"Che la terra apra un sentiero davanti ai tuoi passi, che il vento soffi sempre alle tue spalle...".

Altre voci si unirono a quell'orazione.

"...Che il sole brilli scaldandoti il viso, che la pioggia cada soave sui tuoi campi..."

L'ultima strofa la recitarono in settantadue.

"...E finché non torneremo a incontrarci, che Dio ti porti sul palmo della Sua mano."

# 17.

## Breve tregua

Il generale David Twiggs ebbe il dubbio onore di entrare a cavallo nel convento di Churubusco, precedendo Worth che se ne risentì. Attorniato dallo stato maggiore e seguito da una nutrita scorta di dragoni, salì la scala di pietra che conduceva alle stanze del monastero. Il quartier generale messicano. La porta era spalancata, i soldati di guardia disarmati. Il generale Anaya lo attendeva in piedi, dietro il tavolo. Twiggs non si degnò neppure di salutare e chiese arrogante:

"Mi dica immediatamente dov'è l'arsenale delle munizioni".

"Se avessimo ancora munizioni, lei non si troverebbe qui."

Ci sono uomini che hanno la prontezza di pronunciare una frase destinata a passare alla storia. Ma quella di Anaya la ricordano soltanto i libri messicani.

Gli irlandesi prigionieri furono divisi in due gruppi e rinchiusi nelle piccole carceri di Tacubaya e di San Ángel. In quanto alle operazioni belliche, a quel punto mancava soltanto di occupare Città del Messico. Ma le forti perdite subite a Churubusco indussero Scott a stipulare una tregua, facendo sapere a Santa Anna che c'era la concreta possibilità di far finire la guerra lì: a patto che il Messico accettasse le condizioni del presidente Polk, beninteso.

Condizioni che prevedevano non solo la perdita di metà del territorio nazionale, ma addirittura la richiesta di esorbitanti rimborsi per i "danni subìti da cittadini statunitensi" – cioè texani –, più le spese di guerra... E dando per scontato che il Messico non aveva simili risorse, il governo di Washington si teneva gli stati del Nord come indennizzo e pretendeva anche il diritto di transito attraverso l'Istmo di Tehuantepéc. In definitiva, il Messico, accettando quelle condizioni, cessava di essere uno stato sovrano, divenendo assoggettato a "diritti di transito" che nella pratica, con il pretesto di garantire tali transiti, prevedevano l'occupazione militare. Il plenipotenziario di Polk a Città del Messico ebbe la sfacciataggine di presentare un documento in cui si sosteneva che la guerra non era "di aggressione" ma una risposta al tentativo di soggiogare il Texas, che aveva subìto "un'aggressione da parte dell'esercito messicano". Vi si leggeva addirittura: "Allargare i confini degli Stati Uniti equivale a estendere il dominio della pace su tali territori e su milioni di abitanti. Il mondo non ha nulla da temere dalle ambizioni militari del nostro governo". L'ultima frase sembrava rivolta alle potenze europee, sempre più preoccupate dall'espansionismo di Washington.

Poco importava che la Camera dei Deputati a Città del Messico avrebbe respinto quella capitolazione totale: al momento, Scott aveva bisogno di qualche giorno di tregua per riorganizzare le sue truppe d'invasione e permettere agli uomini di riposarsi e rifocillarsi. Dopodiché, una volta ricevuti rimpiazzi e munizioni da Veracruz, poteva sempre riprendere a sparare cannonate su quel poco che rimaneva dell'esercito messicano. Tolto di mezzo il battaglione San Patricio, sapeva che non avrebbe subìto altre gravi perdite.

L'armistizio temporaneo prevedeva il diritto a rifornirsi di viveri nella capitale. Il generale Scott era disposto a pagare i fornitori, *of course*, in un tentativo di cominciare a "normalizzare" i rapporti con i colonizzati. E mandò un centinaio di carri a "fare la spesa" nel pieno centro di Città del Messico. Il comportamento di Scott non era facile da decifrare: arroganza? provocazione? Possibile che si sentisse così onnipotente, solo per aver vinto tutte le battaglie, o che davvero considerasse i messicani ansiosi di festeggiare i "liberatori"? Liberi da chi, e da che cosa? Per quanto Santa Anna fosse un cialtrone, e su di lui fioccassero le accuse di tradimento, nel paese non vi era affatto una dittatura, e il sentimento popolare, patriottismi a parte, era di avversione alla guerra perché aumentava le difficoltà economiche di ogni giorno. E tutti avevano ben chiaro chi l'aveva scatenata: gli abitanti di Città del Messico non si lasciavano gabbare dai comunicati di Polk e Scott.

Di fatto, accadde un pandemonio.

Quando la carovana di carri sfilò per le vie circostanti alla grande plaza de la Constitución, gli ambulanti che vendevano frutta e verdura rimasero allibiti: a scortarli, c'era un reparto di lancieri messicani. Una donna inveì: "Spudorati! Fino a ieri ci ammazzavano, e adesso pretendono che gli diamo da mangiare!".

L'ufficiale che comandava i lancieri tentò di placare gli animi:

"Purtroppo è stabilito nel cessate il fuoco: hanno diritto a rifornirsi nei nostri mercati".

"Piuttosto che vendere qualcosa a loro, buttiamo via tutto!" urlò un verduraio.

Un'altra donna afferrò un cavolfiore e lo lanciò in faccia al soldato sulla cassetta del primo carro:

"Comincia a mangiarti questo!".

In breve, iniziò un fitto lancio di cipolle e pomodori. I militari statunitensi avevano l'ordine di evitare qualsiasi reazione ad "atti ostili della popolazione", i lancieri messicani non sapevano che fare perché condividevano appieno le rimostranze della gente. Nel dubbio, si dileguarono. Subito dopo, i ragazzini passarono dagli ortaggi ai sassi. Fucilate in aria. Niente da fare, la gragnuola si infittiva. I cavalli si imbizzarrivano, i soldati minacciavano con le armi in pugno, ma nessuno sembrava lasciarsi intimorire: le sassate mietevano feriti, e così i cento carri di Scott dovettero invertire la marcia e darsi precipitosamente alla fuga, verso sud.

Il generale, con un diavolo per capello, diede incarico agli ufficiali della fureria di rifornirsi presso i magazzini dei grossisti, di notte, con il favore delle tenebre. Trovarono chi era disposto ad arricchirsi ulteriormente, fra i già danarosi grossisti della plaza San Juan de Letrán. Ma di lì a poco furono scoperti: una folla di cittadini che brandivano asce, zappe e forconi, con donne e ragazzi alla testa, individuò i magazzini dei collaborazionisti e li saccheggiò. A quel punto, i grossisti non avevano più interesse a vendere le merci agli invasori. Visti i risultati ottenuti nel transitorio periodo di pace, Scott stava meditando di riprendere la guerra, che era poi l'unica cosa che sapeva fare.

Inoltre, aveva un'altra questione da risolvere. Le diserzioni avevano raggiunto livelli inauditi – tanto che la "sua" guerra sarebbe passata alla storia per il primato di soldati spariti dalla sera alla mattina –, e quindi era fermamente intenzionato a usare quelli del San Patricio come monito e rappresaglia, per dare un messaggio chiaro a chi meditava di passare al nemico, o anche soltanto di stabilirsi in Messico mandando all'inferno il suo esercito e tutto il resto. Occorreva una punizione esemplare. Impiccarli tutti. Poco importava che i regolamenti prevedessero la pena capitale in casi limitati, e comunque mediante fucilazione. Gli irlandesi traditori dovevano penzolare da una forca, affinché tutti li vedessero per giorni. E voleva anche duplicare lo spettacolo: un patibolo collettivo a Tacubaya e uno a San Ángel. E non nello stesso giorno. Per salvare le apparenze, ci volevano due corti marziali che fingessero di condurre un dibattimento equo e secondo le leggi militari. Studiò accuratamente gli stati di servizio di alcuni ufficiali, per assegnare loro l'incarico di presiedere i due tribunali di guerra. Li voleva cattolici, per evitare che qualcuno sollevasse accuse di discriminazione religiosa:

un dettaglio non da poco, una sottigliezza per i posteri. Non era facile, considerando che la stragrande maggioranza era protestante e che tra i pochi cattolici doveva trovare qualcuno di assoluta fedeltà ai suoi dettami.

Alla fine, li trovò. E fu un capolavoro di perversione.

Se alla presidenza della corte marziale di Tacubaya mise il colonnello John Garland, che avendo subìto da quelli del San Patricio notevoli dispiaceri sul campo di battaglia era sicuramente smanioso di vendicarsi, nel processo di San Ángel, dove sarebbero stati giudicati i capi – primo fra tutti John Riley –, designò come presidente il colonnello Bennet Riley, nato negli Stati Uniti ma di lontane origini irlandesi e *ufficialmente* cattolico. Per di più, omonimo del principale accusato. Poi, a dirigere la farsa e a incaricarsi materialmente delle esecuzioni – perché non aveva dubbi sui verdetti –, nominò il colonnello William Harney, pure lui cattolico e discendente di irlandesi. Entrambi avevano fatto carriera massacrando indiani e coltivando relazioni politiche influenti, e in quanto al risultare cattolici, tutti sapevano che non erano osservanti ma si erano dichiarati tali solo per tradizione di famiglia. Harney, poi, era famigerato per la crudeltà sia con i commilitoni sia con i prigionieri. Durante le campagne di sterminio dei Blackhawk e dei Seminole, Harney era stato accusato di impiccare indiani in maniera indiscriminata, e di stuprare bambine che poi al mattino appendeva a un albero: il nodo scorsoio di una corda saponata era la sua passione... Ma allora, grazie alla protezione del presidente Jackson, non si era proceduto nei suoi confronti e tutto restava sepolto nei rapporti dei superiori allo stato maggiore. Poi, nel 1834, a Saint Louis, aveva ucciso a bastonate una schiava nera, e a quel punto era stato denunciato da diversi civili e processato dal tribunale locale. Harney, però, si trovava già altrove: dunque, per la legge civile era un ricercato. Le stragi di cui si era macchiato in Messico lo avevano reso popolare tra i volontari texani e temuto in caserma e negli accampamenti per l'inclinazione a usare la violenza in qualsiasi diatriba. In altri tempi lo avrebbero definito un sociopatico affetto da turbe sadiche, ed era lui a meritare di essere spedito davanti a una corte marziale. Ma per il generale Scott rappresentava l'uomo giusto al posto giusto, almeno in quel frangente: durante l'avanzata da Veracruz aveva tentato in tutti i modi di tenerlo a distanza, anche se poi a Cerro Gordo la situazione gli era sfuggita di mano.

# 18.

## Farsa tragica

Il 23 agosto 1847 iniziò il processo a Tacubaya, e il 26 quello a San Ángel. La procedura era alquanto semplice: lettura delle accuse, cioè diserzione e alto tradimento in tempo di guerra, deposizione a discolpa dell'accusato, verdetto immediato. Poi, le sentenze sarebbero state vagliate, in qualità di comandante in capo, dal generale Scott, che poteva confermarle o modificarle.

Nei giorni e nelle notti trascorsi in cella, John Riley si era raccomandato con tutti di rispondere davanti alla corte marziale di aver disertato perché "ubriaco". "Avevo bevuto in una cantina e tornando all'accampamento devo aver sbagliato direzione, perché al mattino mi hanno catturato i soldati messicani, e così sono stato arruolato contro le mie intenzioni..." Nell'esercito degli Stati Uniti l'ubriachezza era considerata un'attenuante per qualsiasi comportamento fuori dalle regole. Nessuno credeva a quella scusa, ma era anche un modo per prendersi gioco dei militari improvvisatisi giudici e boia. "Chissà," diceva Riley, "magari vogliono vendicarsi solo su noi ufficiali, e al resto di voi daranno solo un po' di frustate."

Il tribunale fu allestito nel salone di una sontuosa residenza coloniale di San Ángel, e al lungo tavolo sedevano due colonnelli, due maggiori, otto capitani e un tenente. Non era previsto un difensore: era l'ufficiale incaricato dell'accusa a decidere se vi fossero o meno prove a favore di ciascun accusato.

Alcuni combattenti del San Patricio provarono a tirare fuori la faccenda della sbronza, ma ogni volta finì con l'aggravante di offesa alla corte. Sentenza: condanna a morte per impiccagione.

Quando toccò a Patrick Dalton, si lanciò in un colorito racconto in cui mescolò le sue vicissitudini sotto le armi, le terribili parolacce che doveva sentire dai superiori, i suoi incontri con il sindaco messicano di Montemorelos e poi con il generale Santa Anna – qui seguiva una disquisizione su quanto fosse funzionale la sua gamba di legno –, il tutto infarcito di accurate descrizioni della flora e della fauna dei deserti messicani, e di come la natura prorompa in infiorescenze se solo arriva un acquazzone... I militari seduti al tavolo si scambiavano occhiate furenti. Ignoravano che Dalton stava semplicemente seguendo un'antica tradizione, quella dei *seanchaí*, i narratori orali celtici, che potevano improvvisare per ore saltando da un argomento all'altro con suadente disinvoltura. La corte marziale non apprezzò.

"Lei si sta facendo beffe della corte. Glielo chiedo per l'ultima volta: perché ha disertato dall'esercito degli Stati Uniti d'America?"

Patrick Dalton allargò le braccia:

"*Me gustan las señoritas, el tequila, y la puta que te parió*", e fece un teatrale inchino.

"Oltraggio alla corte!" sbraitò il giudice militare picchiando il martelletto sul tavolo come un forsennato; pur non parlando spagnolo, conosceva il significato della parola *puta*. "Ha altro da aggiungere in sua difesa, signor Dalton?"

"*Póg mo thóin!*"

"Non le è permesso di parlare in gaelico!" intervenne un altro ufficiale.

"Che cosa ha detto?" gli chiese il presidente.

La traduzione arrivò stentorea dai banchi dei prigionieri:

"Baciami il culo!".

"Chi ha parlato?!" urlò, paonazzo di rabbia, il giudice militare Bennet Riley.

Si alzò il più giovane dei combattenti del San Patricio, David McElroy, quindicenne, figlio di irlandesi residenti in Messico da anni:

"Non volevo mancare di rispetto, signore. Lei ha chiesto e io ho risposto: la traduzione è... baciami il culo".

E i prigionieri scoppiarono in una fragorosa risata.

Martelletto del presidente, lettura del verdetto: condanna a morte per impiccagione.

Poi, nell'austero salone calò un silenzio rispettoso: era il turno del tenente Barry Fitzgerald. Lui non aveva alcuna intenzione di schernire la corte. Anzi, voleva essere ascoltato. Ma non disse nulla in propria difesa.

"Noi combattenti del battaglione San Patricio non ci aspettiamo clemenza da parte vostra. La morte è un onore per chi lotta per una giusta causa. Intendo qui mettere in chiaro che non siamo stati irretiti o convinti con la coercizione, come vi farebbe comodo credere. Il battaglione San Patricio è composto da patrioti d'Irlanda, da noi che abbiamo provato nella nostra carne, sulla nostra terra, il brutale sopruso e il vergognoso saccheggio di chi abusa della propria forza. Siamo stati ingannati, è vero, ma dall'esercito degli Stati Uniti d'America, che ci ha arruolati assicurandoci che erano gli Stati Uniti a subire un'aggressione da parte dei barbari. Ecco il vero inganno: definire barbaro un popolo inerme che non ci aveva affatto attacati, ma al contrario, subiva un'aggressione. Pur di non lasciarsi assoggettare, questo popolo subiva la distruzione delle sue case, l'incendio dei villaggi... ho visto donne e bambini unirsi agli uomini nella resistenza, ed è stato questo coraggio, questo valore, a convincere noi irlandesi, ricordandoci le angherie degli occupanti inglesi. Il fervore, la fede di questa gente, ci hanno uniti, in

171

questa infame guerra di conquista che resterà per sempre come una stimmata nella storia degli Stati Uniti d'America."

Fatto singolare, nessuno osò interromperlo. Al termine, stesso risultato: "Impiccatelo!".

Chiamarono John Riley alla sbarra. Zoppicava ancora, ma teneva la schiena abbastanza dritta, malgrado i ceppi alle caviglie e le catene ai polsi.

Stando sull'attenti, declamò:

"Maggiore John Riley, esercito della Repubblica messicana, comandante del battaglione San Patricio, prigioniero di guerra".

"Lei è il *tenente* John Riley, disertore del 5° Artiglieria dell'esercito degli Stati Uniti d'America," intervenne un militare della corte marziale. "Cosa ha da dichiarare sulle motivazioni della sua diserzione con disonore?"

"Il mio onore appartiene al battaglione San Patricio, all'esercito della Repubblica messicana, e i gradi di maggiore li ho guadagnati sui campi di battaglia. Non ho altro da dichiarare."

"Lei è il principale responsabile della morte di centinaia di uomini valorosi che combattevano sotto la bandiera dell'Unione," disse ad alta voce il colonnello presidente, "la stessa bandiera che ha vilipeso e insanguinato non solo disertando, ma organizzando una sorta di legione straniera al soldo dei messicani! Come giustifica le sue abominevoli azioni?"

Riley fissò negli occhi il giudice militare, accennò una smorfia di disprezzo e ribadì:

"Maggiore John Riley, esercito della Repubblica messicana...", colpi di martelletto sul tavolo, "comandante del battaglione San Patricio...", altri colpi sempre più fitti, "prigioniero di guerra", il martelletto si spezzò e la testa rotolò sul pavimento. E lui aggiunse: "Sconfitto con onore da un'orda di depravati".

"Portatelo via!" ordinò il giudice con voce strozzata da

quello che tutti quelli del San Patricio sperarono fosse un colpo apoplettico.

Due soldati presero Riley per le braccia, e lui si divincolò: "So camminare da solo, toglietemi le mani di dosso".

Si avviò verso la porta zoppicando, stringendo i denti per non apparire il rudere che sentiva di essere.

"Comandante Riley!" echeggiò alle sue spalle.

Si voltò. Barry Fitzgerald si era alzato in piedi. Fece il saluto militare. Riley, nonostante i ferri e le catene, si irrigidì e rispose al saluto.

"*Erin Go Bragh!*" urlò Barry.

Tutti i prigionieri scattarono in piedi e ripeterono in coro: "*Erin Go Bragh!*".

Riley portò la mano tesa al cuore, di taglio, alla maniera messicana di rendere onore alla bandiera, e rispose:

"*¡Que Viva México, camaradas!*".

# 19.

## Molino del Rey

C'era anche una condanna a morte "in contumacia": Francis O'Connor non aveva potuto presenziare al processo. Si trovava nell'ospedale da campo, in gravi condizioni. Aveva perso entrambe le gambe nella battaglia di Churubusco, tranciate da una granata. I chirurghi nella chiesa di Nuestra Señora de los Ángeles erano riusciti a suturare i monconi al di sopra delle ginocchia, poi, da prigioniero, due ufficiali di Scott erano andati a leggergli il verdetto mentre giaceva su una branda imbrattata di sangue. O'Connor si era limitato a fare un debole gesto con la mano, il suo modo di mandarli al diavolo: non aveva neppure la forza di parlare.

Il 7 settembre scadeva l'armistizio. Il generale Scott ritenne che la sua armata d'invasione fosse pronta per farla finita con l'ultima sacca di resistenza e ordinò l'avanzata su Città del Messico. Santa Anna, nel frattempo, aveva organizzato una buona difesa: secondo il parere dei suoi ufficiali, stava facendo la cosa giusta, finalmente. Lo schieramento era obliquo: un caposaldo sulla sinistra costituito da Molino del Rey, uno sulla destra nella cosiddetta Casa Mata, e al centro la fanteria appostata in un fossato asciutto, che permetteva di sparare al riparo del terrapieno. La forza decisiva era la cavalleria del generale Juan Álvarez, ben quattromila dragoni piazzati nell'Hacienda Los Morales, a una sola lega dal castello di Chapultepec, l'ultima roccaforte: era la sede dell'accademia militare, difesa dall'ormai leggendario Batallón de San Blas, venuto dal lontano Nayarit e formato essenzialmente da volontari e guardacoste, al comando del tenente colonnello Felipe Santiago Xicoténcatl. Gli uomini di San Blas, città portuale sul Pacifico, avevano già dimostrato di essere ossi duri in altre battaglie, come a Cerro Gordo.

Poi, quando Scott ordinò l'attacco, tutto andò a rotoli, perché Santa Anna rivide il piano difensivo e lo rese fallimentare.

Quel pomeriggio, lo schieramento di Scott comprendeva tremilacinquecento fanti, otto cannoni e trecento cavalleggeri. Nel primo impatto, gli statunitensi si resero conto che sarebbe stato arduo sfondare. Ripiegarono e attesero l'indomani. Fu durante la notte che Santa Anna diede ordini scombinati e contraddittori, con il risultato di menomare la linea difensiva. Nonostante ciò, all'alba di mercoledì 8 settembre, i messicani respinsero nuovamente l'assalto. Ma erano sotto il costante fuoco dell'artiglieria, e gli ufficiali si chiedevano per quale stramaledetto motivo la poderosa cavalleria di Álvarez non attaccasse. Anche la seconda ondata venne contenuta. Infine, al terzo attacco massiccio, la battaglia diventò un caos totale, corpo a corpo, baionette e sciabolate. Le sorti avrebbero potuto ancora essere rovesciate in favore dei difensori, se in quel magma fossero piombati i quattromila dragoni in assurda attesa nell'Hacienda Los Morales.

Santa Anna non inviava né rinforzi né ordini. Il generale Álvarez, che lo odiava, forse ritenne più opportuno perdere la guerra quel giorno stesso pur di sbarazzarsi del Cojo, lo Zoppo, come lo chiamava lui. Intanto, i suoi commilitoni venivano massacrati a Molino del Rey. Ma opponevano una resistenza accanita, tanto che al calare della sera le truppe statunitensi avevano subìto ben ottocento perdite fra morti e feriti, tra i quali molti ufficiali.

Scott non poteva certo annoverarla tra le battaglie vinte, e per giunta era frutto di un suo clamoroso abbaglio: avrebbe potuto non ingaggiare combattimento a Molino del Rey e proseguire, ma era convinto che lì e nella Casa Mata vi fossero i più forniti arsenali di armi e munizioni rimasti ai messicani. Si sforzò di restare impassibile quando un attendente andò a comunicargli che nelle costruzioni infine espugnate, a prezzo di tanto sangue, c'erano... sacchi di farina. La conseguenza fu un furibondo alterco tra Scott e Worth: al termine, il primo esautorò il secondo dal comando operativo, e questi inviò un rapporto infuocato a Washington, direttamente al presidente Polk, accusando Scott di gravi errori strategici che mettevano inutilmente a repentaglio la vita degli uomini sotto il suo comando.

Comunque, Scott in quei giorni aveva un impegno a cui non voleva mancare: il 10 settembre era stata fissata l'esecuzione di una prima metà dei rinnegati del San Patricio.

Aveva praticamente convalidato tutte le condanne a morte, tranne un paio perché si trattava di minorenni, appena quindicenni, entrambi irlandesi, e gli era dispiaciuto che il regolamento impedisse di impiccare ragazzini: quella mala erba andava sradicata il prima possibile. Non si poteva dire che non avesse studiato attentamente i casi, infatti, quando si ritrovò davanti la scheda di un sessantenne, notò che aveva un figlio ufficiale di un reggimento alle sue dipendenze: il padre aveva disertato per unirsi al San Patricio, mentre il figlio era rimasto leale agli Stati Uniti. Non convalidò neanche quella condanna: intinse il pennino Perry nel calamaio e scrisse in calce: "Cinquanta frustate e marchiatura a fuoco, detenzione fino al termine della guerra". Sì, poteva bastare, così un giorno il figlio lo avrebbe trattato da traditore. Si congratulò con se stesso per il proprio buon cuore.

Voleva che all'"evento" presenziassero più ufficiali possibili, distogliendone molti dagli incarichi della guerra ancora in corso. Il suo scopo era dare un esempio impressionante di cosa rischiavano i disertori: per il momento era riuscito a non divulgare i dati, ma il numero di soldati e ufficiali che ogni mattina mancavano all'appello cominciava a preoccuparlo. Prima o poi avrebbe dovuto renderne conto al governo e a quella masnada di imbelli e disfattisti che occupava gli scranni dell'opposizione in parlamento. Un attendente gli aveva riferito che un certo capitano George Davis si era lasciato sfuggire la frase: "Non intendo assistere alle impiccagioni per nulla al mondo, solo un ordine scritto del generale Scott può costringermi a farlo". E lui lo scrisse subito, l'ordine.

Purtroppo, c'era ancora un'incombenza da affrontare: quel dannato capitano giudeo attendeva da ore fuori dal suo ufficio, nel quartier generale dell'arcivescovado, e non poteva mandarlo via: Cohen godeva di importanti conoscenze a Boston e persino a Washington, e dopo l'alzata d'ingegno di quell'imbecille di Worth doveva limitare al massimo inimicizie e rancori nelle sedi di governo.

Disse all'attendente di farlo entrare.

Andarono subito al sodo: Cohen mise sul tavolo una serie di petizioni in favore di John Riley. C'era una lettera firmata da venti cittadini statunitensi residenti in Messico, che asserivano di essere stati aiutati in varie occasioni da lui e da altri membri del San Patricio impedendo rappresaglie da parte dei soldati messicani; poi altre lettere di "gentildonne" che definivano Riley un galantuomo... e qui Scott sogghignò, tenendo per sé la battuta da taverna che avrebbe voluto sbattere in faccia al capitano; infine, addirittura una missiva accorata del vescovo di Città del Messico, che si appellava alla religiosità degli irlandesi, al fatto che graziarli avrebbe ristabilito un clima favorevole alla pace eccetera eccetera.

Scott lasciò cadere l'ultimo foglio e guardò negli occhi Cohen.

"Tutto qui?"

Il capitano serrò la mascella e cercò le parole adeguate per evitare lo scontro.

"Generale, lei ha l'occasione di mostrarsi magnanimo e non acuire l'odio che queste genti nutrono per noi. Non abbiamo mai impiccato un disertore, lo sa bene, e anche riguardo l'impiccagione... qualsiasi reato grave possa commettere un militare, la pena capitale prevede comunque la fucilazione, e..."

"Questo lo stabilisco io," lo interruppe Scott. "Siamo in guerra, e io sono il comandante supremo. Posso decidere come meglio credo senza dover scartabellare codici o altro."

"Ma non può violare le leggi degli Stati Uniti d'America, oltre ai codici militari."

I due sostennero lo sguardo per interminabili secondi: il capitano sembrava impassibile, anche se dentro aveva le fiamme dell'inferno, il generale faticava a non perdere le staffe e a non sbatterlo fuori.

"Quali leggi avrei violato?, sentiamo."

"Il tenente John Riley ha disertato ben prima dell'11 maggio 1846."

"E con ciò?"

"La sua è diserzione semplice, reato commesso in tempo di pace. La legge è chiara a tale proposito: decade l'accusa di alto tradimento. Non può essere giustiziato."

Scott ricorse a tutta la sua pazienza per ostentare calma e dominio dei nervi.

"Cavilli. Noi combattevamo in Texas da tempo. Lo sa bene."

"E lo ammette? Lo rivendica? Sì, combattevamo da tempo, in spregio a tutte le leggi internazionali, senza dichiarazione di guerra e in territorio estero, visto che il Texas era ancora indipendente e non annesso all'Unione."

Il generale sferrò una manata sui fogli che aveva davanti.

"Ora basta, capitano Cohen! Sta parlando come un politicante. Avanti, piantiamola e dica chiaramente cosa intende fare."

"Se farà impiccare anche Riley, troverò qualcuno disposto ad ascoltarmi nel Congresso."

"Non ne dubito," sbottò Scott abbozzando un sorriso di scherno, "voi giudei... sempre pronti a spalleggiarvi l'un l'altro! Il Congresso è infestato di giudei."

Il capitano inghiottì senza controbattere.

Scott rimase a fissare un foglio tra gli altri. Era la convalida della condanna di Riley. Poi, prese la bacchetta, controllò che il pennino fosse ben inserito, lo intinse nell'inchiostro, vergò un paio di righe e aggiunse poche parole. Rifece la firma, spezzando la punta alla fine del cognome. E questo fu davvero il colmo, per lui.

"Torni alle sue mansioni, capitano," sibilò sprizzando collera da tutti i pori. "E non si illuda: per quanti individui della sua risma possano esserci a Washington, la sua carriera è finita, glielo garantisco."

"Questo lo vedremo, generale. Non si illuda neanche lei."

Il capitano fece il saluto, batté i tacchi e uscì a grandi falcate.

*Non mi fece un favore. Né prima, a Churubusco, né dopo, quando mi evitò la corda. Lo avrei scoperto di lì a qualche mese, l'ultima volta che io e il capitano Cohen ci siamo visti, in una lurida cella a Città del Messico. Venne a dirmi che tornava a casa, fermamente intenzionato a congedarsi dall'esercito. Gli augurai buona fortuna, ma non lo ringraziai. Si lasciò sfuggire la faccenda della mia diserzione avvenuta prima della dichiarazione di guerra, e sembrava saperne abbastanza da farmi intuire com'erano andate le cose. Non dissi niente, nemmeno quando mi porse un flacone di estratti d'erbe cicatrizzanti che aveva comprato da una donna nel mercato di San Juan de Letrán, dove immagino fosse andato in abiti civili, visto l'odio che la sua divisa suscitava da quelle parti: lo versai sulla pezza che tenevo sulle piaghe purulente della faccia, e il bruciore mi risparmiò di doverlo ringraziare pure per questo.*

*Non mi fece un favore, e lo penso ancora adesso, guardando il mare del golfo dalla finestra della nostra piccola casa sul porto. I fantasmi dei miei compagni sono sempre accanto a me, la loro memoria ravviva il ferro rovente sulle guance, non mi consola vederli sorridere, perché di loro ricordo sempre l'allegra sfacciataggine, la baldanza, la scanzonata maniera di affrontare la vita e la morte. Sono tutti morti. E io sono vivo.*

*Eravamo fratelli in armi. Tra chi combatte fianco a fianco, e condivide la paura e il coraggio, le sofferenze e l'impeto, l'e-*

sultanza e lo scoramento... si crea un legame che va oltre la morte. E io non mi perdono di essere sopravvissuto, sarei dovuto morire insieme a loro.

Quel giorno, sentivo di essere in grado di sopportare qualsiasi tormento. Le frustate, il ferro rovente, tutto, senza cedere, senza dare la soddisfazione di urlare né di svenire.

Ma il mondo mi crollò addosso quando la vidi, tra la gente assiepata intorno. A tutto potevo resistere, fuorché al suo sguardo di angoscia smisurata. Perché, Consuelo, sei venuta lì, a vedermi subire tanta ignominia? Perché mi fissavi come se mi stessi promettendo un futuro, quasi volessi dirmi: resisti, amore mio, tu ti salverai e io curerò le tue ferite? Lessi nei suoi occhi quel dissidio: l'angustia che lottava con la speranza. Non mi avrebbero impiccato, e lei era pronta a prendersi cura di me.


L'unico sollievo lo provo quando Consuelo si infuria: allora afferra la bottiglia di mezcal, la rompe contro la parete e se ne va sbattendo la porta. La sua collera mi mette al riparo dalla sua pena. Tutto posso sopportare, anche di fare schifo, ma non di farle pena. Preferisco i suoi insulti per i capelli lunghi e la barba incolta: all'inizio accettava che lo facessi per coprirmi questo volto in cui non mi riconosco e che mi tiene lontano dagli specchi. Poi, ha preso a dirmi che sembro un pordiosero de la calle, un accattone di strada, e ogni tentativo di farmi reagire ottiene soltanto un silenzio più cupo e ostinato. Il silenzio di un cadavere sepolto nell'oblio.

Io sono morto a Churubusco, dove avrei avuto diritto a una morte dignitosa. Io sono morto una seconda volta nella plaza San Jacinto, vedendo le carrette scostarsi dal patibolo. Io muoio ogni mattina svegliandomi e ogni sera coricandomi.

No, non mi hai fatto un favore, capitano.

# 20.

## Impiccarli non basta

Il 10 settembre 1847 il sole splendeva su San Ángel. Il cielo sull'altopiano a oltre duemila metri era terso come dopo ogni acquazzone notturno: le stradine lastricate brillavano ai primi raggi dell'alba, gli uccelli affollavano gli alberi dei giardini pubblici, le ramazze degli spazzini ripulivano la piazza dal fogliame. L'effimera illusione di una mattinata paciosa fu infranta dal rumore degli stivali di militari in marcia. E di prigionieri in catene. Gli irlandesi del San Patricio indossavano ancora le divise messicane, sporche all'inverosimile dopo venti giorni in cella. Erano circa la metà dei condannati, gli altri attendevano il giorno dell'esecuzione a Tacubaya. Nonostante le miserevoli condizioni, si sforzavano di tenere il passo come se fossero a una parata. Gli "spettatori", fra rappresentanti delle famiglie *de bien* di San Ángel convocate dal comando statunitense e ufficiali dell'esercito invasore, notarono quel sussulto di dignità che li teneva in piedi e le espressioni di sfida sui volti: qualcuno ostentava persino un sorriso sprezzante. Il colmo fu raggiunto quando, una volta schierati nella plaza San Jacinto, l'ufficiale statunitense diede l'ordine dell'alt: i suoi soldati si fermarono mentre quelli del San Patricio continuarono a segnare il passo. Subito dopo, il maggiore John Riley ordinò: "Batallón de San Patricio: *¡firme!*". E tutti i prigionieri batterono i tacchi all'unisono, fermandosi.

Il generale Twiggs fece un cenno, e i soldati addetti a quel compito infame strapparono la giubba e la camicia di dosso a Riley. Lo legarono a un albero. Doveva ricevere cinquanta frustate, e il conto lo teneva Twiggs. A metà del supplizio, la schiena era diventata un'unica piaga sanguinolenta. Riley stringeva i denti e guardava fisso la gente davanti a sé.

Consuelo si era mescolata tra gli abitanti del sobborgo, alcuni costretti a presenziare e altri assiepati lì per vedere come morivano i loro eroi sconfitti. Riley si accorse della sua presenza e, dopo un fugace scambio di sguardi, preferì chiudere gli occhi. Non voleva vedere le lacrime che le rigavano il viso.

Arrivato a cinquanta, Twiggs non fece alcun gesto. Lasciò che la frusta continuasse implacabile a strappare la pelle dalla schiena di John Riley. Patrick Dalton lanciò un urlo:

"Branco di vigliacchi! Non sapete contare?".

Tutti gli altri cominciarono a inveire, i soldati di scorta li colpirono con i calci dei fucili, ma anche i civili protestavano. E Twiggs, al cinquantanovesimo schiocco, alzò il braccio.

Due soldati presero Riley per le ascelle e lo trascinarono al centro della piazza. Lì accanto, c'era un braciere pieno di carboni ardenti. E dentro, un ferro per la marchiatura del bestiame. Sulla punta rovente, una grande lettera D, iniziale di *deserter*.

I carnefici in divisa lo tennero fermo: il ferro incandescente fu premuto sulla guancia destra. Lo sfrigolio e il fumo che si sprigionarono dalla sua faccia provocarono espressioni inorridite fra i civili presenti. Consuelo si fece indietro, a capo chino, e scomparve dietro la prima fila.

Quelli del San Patricio lanciarono insulti in tre lingue, spagnolo, inglese e gaelico. Barry Fitzgerald sferrò una testata a un soldato che cercava di zittirlo, Patrick Dalton si dimenava, tutti agitavano le catene per aumentare il fragore della protesta.

Quando il ferro si staccò dalla guancia di Riley, Twiggs

notò con disappunto che quell'incapace del soldato carnefice si era sbagliato: la D era alla rovescia... Prontamente ordinò di marchiarlo anche sulla guancia sinistra, e che stavolta fosse nel modo corretto.

Il tormento si ripeté, in un lezzo nauseabondo di carne bruciata. Un'anziana donna che vendeva fiori all'angolo della piazza gettò a terra il secchio e gridò: "Dio vi stramaledica!".

Riley era in ginocchio. Quando lo afferrarono per portarlo in disparte, con un moto di rabbia si tirò su senza l'aiuto dei soldati nemici. Tremava, si reggeva in piedi a fatica, ma riuscì a mettersi ritto e a guardare i suoi compagni. Sulla piazza calò un silenzio cupo. Guardò in alto, verso la Casa del Risco, una dimora coloniale spagnola su cui ora sventolava la bandiera a stelle e strisce, attuale quartier generale di Twiggs. Poi guardò la chiesa. Con uno sforzo sovrumano alzò la mano destra tirando su le catene e si fece il segno della croce.

Tutti i messicani, assieme agli irlandesi, si segnarono. Una donna cominciò a recitare una preghiera. Ben presto, un sommesso mormorio si levò dalla plaza San Jacinto.

Il generale Twiggs inarcò le sopracciglia, in un'espressione di tolleranza verso quei "barbari". E diede l'ordine di procedere.

Soltanto sedici prigionieri furono issati sulle carrette. Il patibolo non era abbastanza grande per tutti. Misero i cappi attorno ai colli. Patrick Dalton guardò verso l'amico flagellato e marchiato a fuoco. E John Riley, con le ultime forze, urlò con tutta la voce che gli restava:

"Batallón de San Patricio!".

"Presente!" risposero all'unisono gli irlandesi.

Twiggs abbassò il braccio. I muli vennero tirati e le carrette tolsero l'appoggio sotto i piedi dei condannati.

Era un patibolo crudele. Più crudele di quelli con la botola, dove l'impiccato precipita e muore per la frattura delle vertebre cervicali. Il patibolo costruito in fretta a San Ángel uccideva lentamente, per asfissia. Dicono che Patrick Dalton ci avesse messo addirittura minuti a smettere di oscillare, in preda agli spasmi involontari di quella morte atroce.

Gli altri prigionieri si videro negare la fine della farsa tragica. Giunsero notizie di combattimenti, il generale Twiggs ordinò di sospendere la lugubre cerimonia e tornò al fronte di guerra. Gli altri li impiccarono il giorno dopo, agli alberi ai piedi della collina di Mixcoac, sulla strada tra San Ángel e Città del Messico.

# 21.

## Tacubaya

Alle sei del mattino del 13 settembre 1847, i trenta prigionieri del San Patricio condannati dalla corte marziale di Tacubaya vennero portati al patibolo eretto sulla collina di Mixcoac. Da lì si vedeva perfettamente il castello di Chapultepec, avvolto dal fumo delle esplosioni. Stesso scenario di San Ángel, anche se qui le forche erano circa il doppio: gli irlandesi stavano in piedi sulle carrette, con le mani legate dietro la schiena.

Il colonnello Harney notò che un cappio penzolava senza un collo dentro.

Chiamò un attendente e chiese spiegazioni. Questi fece avvicinare il medico della brigata che presenziava alle impiccagioni.

"Manca un certo Francis O'Connor: sta agonizzando nell'ospedale da campo, ha perso le gambe e..."

"Portatemi immediatamente qui quel dannato figlio d'un cane!" sbraitò Harney, avvampando di collera. "Ho l'ordine di impiccare trenta bastardi e, per Dio, ne voglio trenta a penzolare da quelle corde!"

Partì un drappello con una carretta al galoppo.

I ventinove con il cappio al collo cominciarono a protestare: non erano lamentele, ma raffiche di parolacce.

Dopo un'ora, arrivò la carretta con sopra O'Connor: era

in stato di semincoscienza, le bende sui monconi intrise di sangue fresco.

Harney lo fece legare da seduto, la schiena appoggiata al bordo posteriore, e anche a lui fu messo il cappio.

"Che bel coraggio!" lo apostrofò uno degli irlandesi, "eppure mi sembravi proprio tu, a Cerro Gordo, che te la svignavi sotto le nostre fucilate!"

"Ehi, colonnello!" rincarò un altro, "Cosa ci fai qui? Non vedo ragazzine da violentare, da queste parti."

Harney li squadrò ostentando un sorriso beffardo. E concepì un ulteriore supplizio.

"Io non ho alcuna fretta. Vedremo se tra qualche ora, sotto il sole, avrete ancora tanta voglia di blaterare!"

E dispose che l'impiccagione avvenisse solo quando la bandiera statunitense avesse sventolato sul castello di Chapultepec.

"Che barba! Non ho intenzione di morire da vecchio!" sbottò un condannato.

E iniziò l'estenuante attesa.

Gli echi delle granate e delle scariche di fucileria arrivavano sempre più distinti. L'assalto finale a Chapultepec era cominciato, la battaglia infuriava.

Un sergente del San Patricio chiamò Harney:

"Per favore, colonnello, ho diritto a un ultimo desiderio!".

Lui si avvicinò, per sentirsi dire:

"Una boccata di fumo. Ho la pipa nella giubba".

Harney, tutt'altro che intenzionato a esaudire il desiderio, ribatté:

"E magari dovrei anche accendertela!".

"Certo, usando quei tuoi riccioli d'oro come acciarino, bel giovanotto!"

Le risate provocatorie degli altri mandarono in bestia il colonnello: estrasse la sciabola e con l'elsa colpì il prigioniero sulla bocca. Quello, per nulla intimorito, dopo aver sputato sangue e pezzi di denti, riuscì ad aggiungere:

"Sei proprio uno screanzato! Adesso come farò a fumare per il resto dei miei giorni?".

Tutti cercavano di provocare Harney perché si decidesse a impiccarli:

"Se dobbiamo aspettare che il vostro lurido straccio sventoli lassù, creperemo di fame!".

"Ehi, Harney, in Texas ho conosciuto un Comanche, mi ha detto che nella loro lingua la parola *yanki* vuol dire codardo: ecco perché vi chiamano tutti così!"

Ma quel maniaco si godeva lo spettacolo, standosene all'ombra di un albero mentre loro arrostivano sotto il sole ormai alto.

# 22.

## Niños Héroes

Il castello di Chapultepec sorgeva su una collina attorniata dal Bosque, un vasto parco che allora segnava la periferia sud della capitale e che oggi è parte integrante della metropoli. Edificato dal viceré spagnolo Bernardo de Gálvez tra il 1778 e il 1788 come sontuosa residenza estiva, ora costituiva l'ultimo baluardo e Scott pretese che fosse espugnato, anche se di fatto non poteva sbarrare l'accesso a Città del Messico: il comandante in capo dell'armata d'invasione non voleva lasciarsi alle spalle sacche di resistenza, avendo avuto modo di constatare quanto i gruppi della *guerrilla* fossero più letali rispetto all'esercito regolare.

I preparativi per circondare il castello avevano fatto interrompere la "cerimonia" delle impiccagioni a San Ángel e il 12 settembre le artiglierie statunitensi aprirono il fuoco. Il bombardamento andò avanti per l'intera giornata, ottenendo lo sfregio della costruzione monumentale ma non la resa dei difensori.

Il battaglione San Blas contava circa quattrocento veterani, ai quali si erano uniti altrettanti reduci delle brigate sconfitte nelle varie battaglie precedenti; e quarantatré cadetti di età compresa tra i quattordici e i diciotto anni. A onor del vero, il direttore del Colegio Militar, il generale Mariano Monterde, aveva congedato i ragazzi invitandoli a tornare dalle loro famiglie, ma solo una parte se n'erano andati, gli altri avevano chiesto fermamente di poter imbracciare un fucile e partecipare a quell'impresa disperata e suicida.

All'alba del 13, l'attacco fu sferrato da tre divisioni sui lati sud e ovest, sempre coperte da una tempesta di cannonate. Smantellate ben presto le uniche quattro batterie di Chapultepec, il comandante del San Blas, Xicoténcatl, ordinò un contrattacco all'esterno del castello: riteneva un inutile sacrificio continuare a morire sotto il bombardamento, mentre fra gli alberi secolari del Bosque avevano qualche possibilità di infliggere perdite al nemico. Infatti, all'inizio i quattrocento del San Blas respinsero la prima ondata, ma di lì a poco ne vennero avanti altre, sempre più numerose. Nel giro di mezz'ora, quasi tutti gli uomini venuti dal Nayarit caddero in combattimento, compreso Xicoténcatl, che per ben tre volte raccolse la bandiera da terra e tornò a sventolarla incitando i suoi. Quando ormai non erano rimasti abbastanza uomini da spronare a resistere, anche il tenente colonnello morì, crivellato di pallottole come la bandiera in cui si era avvolto.

La fanteria statunitense avanzò sulla salita che portava all'ingresso del castello. Dagli spalti e dai tetti, i soldati messicani e la quarantina di cadetti sparavano dando fondo alle munizioni rimaste. Malgrado le perdite, i nemici conquistarono prima il vasto patio, quindi iniziarono a espugnare il castello sala per sala, ogni corridoio e recesso. Fu allora che i cadetti entrarono nella leggenda divenendo Los Niños Héroes, i bambini eroi ai quali sarà dedicata una piazza o una strada in ogni città del paese. Uno dopo l'altro, morirono con le armi in pugno. Gli ultimi sei consegnarono i propri nomi alla storia patriottica del Messico: Agustín Melgar, Fernando Montes de Oca, Francisco Márquez, Juan de la Barrera, Juan Escutia e Vicente Suárez.

La leggenda tramandata vorrebbe che alcuni di loro si fossero immolati gettandosi dall'alto delle mura pur di non arrendersi, ma è più probabile che furono tutti uccisi a fucilate e colpi di baionetta. L'unico dato certo è che rifiutarono la resa e continuarono a battersi fino all'ultimo.

# 23.

## L'agognata fine

Sul pennone del castello di Chapultepec venne ammainata la bandiera messicana. I prigionieri del San Patricio tirarono un sospiro di sollievo: finalmente la morte avrebbe posto termine al loro supplizio, dopo cinque ore in quella dolorosa posizione, sotto il sole e senza potersi bagnare la bocca con un goccio d'acqua.

Quando la bandiera a stelle e strisce salì in alto, il colonnello Harney lanciò un gridolino di gioia.

"Avete visto, rinnegati? Che vi avevo detto?"

"Falla finita, *payaso*," ribatté un irlandese in un misto di inglese e spagnolo.

"Ti aspettiamo all'inferno," aggiunse un altro.

"Harney!" lo chiamò un terzo, "mettici una moneta in tasca, nel caso incontrassimo quella puttana di tua madre."

Riuscirono persino a sghignazzare, in un coro discorde di insulti e colorite maledizioni.

Il colonnello Harney sguainò la sciabola con esasperante lentezza, fingendo di non sentire il crescendo di improperi.

Quando infine l'abbassò, i soldati che dovevano far avanzare le carrette tirate dai muli rimasero sconcertati: ventinove gole gridarono parole di esultanza, "urrà" e *Erin Go Bragh*.

L'unico a restare in silenzio fu Francis O'Connor: aveva perso conoscenza, legato al suo trespolo, e probabilmente era morto dissanguato.

Frustarono i muli, e anche gli ultimi superstiti del San Patricio furono lanciati verso l'eternità.

Il Messico non li avrebbe mai dimenticati.

Guardo i vascelli in porto dall'alto della fortezza di San Juan de Ulúa, che si protende al centro della baia di Veracruz.

Le scialuppe che, a forza di remi, staccano i clipper dalle banchine e li trainano fuori dalla rada, dove dispiegano le vele al vento del Golfo. Ce ne sarà qualcuno in rotta per l'Irlanda, penso: ma nessuna nostalgia, per quanto voglia provarne, si insinua nel cuore.

Osservo questo incessante andare e venire sul mare, e intanto rivedo immagini che mi attanagliano le viscere...

Quelle stive affollate di disperati... ci trattavano come schiavi, merce subumana che si poteva gettare fuori bordo se crepava... Dopo averci ripuliti di ogni avere, più passavano i giorni e più ci odiavano, perché dopo cinque, sei settimane il rancio cominciava a scarseggiare e per noi restavano a malapena bucce di patate e pane secco. E non sono soltanto le immagini, a perseguitarmi: a volte sento di nuovo gli odori... Il lezzo del nostro vomito, i buglioli sempre pieni di escrementi e l'elemosina di una boccata d'aria, una secchiata d'acqua salata per lavare via quell'immonda poltiglia in cui sguazzavamo... La buona sorte, per noi bestiame irlandese nelle stive, era limitarci alla dissenteria, senza che scoppiasse un'epidemia di tifo o di colera. Perché abbiamo sopportato tutto questo?

*Perché avevamo un sogno. E se ci fossimo ammutinati, al primo approdo avremmo trovato ad attenderci la forca.*

*Siamo stati leali a noi stessi. Al sogno di libertà che l'America rappresentava.*

*E qui, adesso, sono forse libero?*

*Certo, nessuno mi tratta da reietto. Persino quando il mezcal mi annebbia la vista – e amo quella foschia sugli occhi e sui pensieri che mi risparmia di vedere altro –, la gente del porto non mi evita, anzi, c'è sempre qualcuno che mi dà una pacca sulla spalla, mi chiede:* "Mayor Reley, como le va la perra vida, como está la señora...".

*Consuelo se n'è andata.*

*A trovare i suoi parenti al Nord, ha detto. Lo so che non tornerà. E preferisco così. La solitudine è il prezzo della sconfitta. La mia è una resa incondizionata. Mi sono arreso a me stesso: inutile combattere con l'assenza, con il vuoto che ho dentro. Per qualche tempo, mi sono illuso che Consuelo potesse colmarlo, ma stavo soltanto risucchiando anche lei nel mio abisso di spettri e ricordi nefasti.*

*L'amore può lenire tutto, ma non le piaghe nell'anima. Non ce la faccio ad abbandonarmi all'egoismo del suo amore, che dovrebbe farmi dimenticare i corpi penzolanti dei miei amici più cari. Noi superstiti dell'orrore siamo fantasmi senza tempo, ci portiamo dentro una brace che ci consuma, una sostanza tossica che avvizzisce il cuore, e rendiamo la vita di chi ci sta vicino un susseguirsi di pietà e rifiuto. Non sopportiamo la tenerezza, e facciamo del male a chi ci vuole bene.*

*Guardo il cielo dove si addensano nubi nere. La stagione delle piogge. Un cielo scuro e cupo, come il futuro del Messico, così simile, anche in questo, all'Irlanda.*

*Che il vento soffi alle tue spalle, Consuelo, che il sole riscaldi quel tuo viso dolce e malinconico, che Dio ti porti sul palmo della Sua mano, amore mio.*

*Stamattina mi sono fatto rapare a zero. L'altra notte devo essermi addormentato su un mucchio di reti al molo dei pesca-*

tori e all'alba mi sono svegliato accanto a un poveraccio che deve avermi attaccato i pidocchi. Non è stato facile, per il barbiere, farmi la barba senza inciampare col rasoio sulle cicatrici. Ora sono pelato e pulito. Attendo sereno di rivedere i miei compagni di sventura.

E non voglio pidocchi nella mia bara.

# Appendice
## Come andò a finire

Dopo le impiccagioni, l'organo ufficiale "Diario de Gobierno", che si stampava a Città del Messico, pubblicò in prima pagina un editoriale che si appellava allo spirito religioso dei concittadini:

Messicani: questi sono gli uomini che ci definiscono barbari e dicono di essere venuti a civilizzarci. Sono gli stessi che hanno saccheggiato le case in città e villaggi, hanno violentato figlie di brava gente, hanno fatto baldoria indossando i paramenti sacri presi sugli altari, hanno sparso e calpestato il corpo di Gesù Cristo e si sono ubriacati bevendo dai sacri calici. Che siano maledetti da tutti i cristiani, come lo sono da Dio.

Di lì a poco, il governo si sarebbe trasferito a Querétaro, circa duecento chilometri a nord della capitale federale, e Santa Anna diramò l'ordine di ritirata, sostenendo che resistere a oltranza avrebbe soltanto causato ulteriori distruzioni e saccheggi. Non tutti obbedirono: il colonnello Carbajal della Guardia Nacional organizzò i suoi uomini a difesa del centro storico e ricomparve sulla scena il generale Gabriel Valencia, che, senza Santa Anna di mezzo, si riscattò conseguendo una morte eroica: cadde crivellato di colpi con la sciabola sguainata mentre guidava un contrattacco alla testa di una cinquantina di soldati davanti al Palacio Nacional, sede ufficiale – ma vuota – della presidenza della Repubblica. Riuscì a farsi ricordare così, nella storia patriottica, anziché per la serie di errori e disfatte precedenti.

Scott ordinò alle sue truppe di occupare Città del Messico: il 14 settembre entrarono da San Cosme fanterie e cavallerie. Si illudevano che fosse davvero finita, e tutti sognavano bordelli e taverne, ricchezze da depredare e *señoritas* per sollazzarsi. Non avrebbero mai ottenuto l'agognato "riposo del guerriero", perché gli abitanti della capitale non diedero tregua e dietro ogni angolo di strada poteva celarsi la pistolettata a bruciapelo, il fendente di machete tra capo e collo, o quantomeno pietre e bastonate.

Già all'altezza dell'Alameda Central, i giardini nel cuore della capitale, vennero accolti da un nutrito fuoco di fucili e schioppi, a sparare erano reduci dell'esercito e cittadini in armi, e mentre gli invasori cercavano riparo rasente i muri delle case, da finestre e balconi cominciò a piovere di tutto, vasi da fiori compresi. In quel frangente, il generale Scott fu centrato da una pietra che gli avrebbe lasciato una cicatrice sul cranio per il resto dei suoi gloriosi giorni.

Fu l'inizio di uno stillicidio di rivolte popolari e attacchi a sorpresa. Mentre Sua Eccellenza Antonio de Padua María Severino López de Santa Anna y Pérez de Lebrón se ne andava in esilio in Colombia, Città del Messico non si adeguava né all'occupazione né ai successivi accordi di pace, e una parte degli abitanti avrebbero continuato a colpire gli invasori con ogni mezzo e nei momenti e luoghi più inaspettati. Rifornirsi di viveri era arduo, perché i mercati erano focolai di resistenza accanita. E nei dintorni, poi, risorgevano gruppi di *guerrilla* ovunque gli statunitensi credessero di averli estinti con il piombo e il fuoco. All'inizio Scott aveva acquartierato in città circa ottomila uomini, ma ben presto prese a calare dal Nord un'accozzaglia di avventurieri, tra volontari che si erano congedati, *bandidos* d'ogni risma, affaristi senza scrupoli o semplici sbandati in cerca di bottino e vizi sfrenati. Nel giro di pochi mesi la zona centrale di Città del Messico pullulava di bische e bordelli, stuoli di prostitute confluirono da altre città mentre tante giovani donne si adeguavano alla situazione per procurarsi di che sopravvivere. Le sparatorie notturne tra ubriachi divennero la norma, furti e rapine costringevano gli abitanti a starsene rintanati nelle case, la sporcizia regnava ovunque. Ma al calare delle tenebre circolavano anche i "pugnalatori": la resistenza messicana si manifestava con una coltellata nella pancia o nella schiena a uno *yanqui* qualsiasi che vagava sbronzo per le vie dei quartieri antichi, e a poco gli serviva la Colt nella fondina. Anzi, spesso il revolver era il motivo principale delle aggressioni, e la volta successiva qualche altro occupante finiva crivellato da quelle cinque o sei pallottole. Nell'impossibilità di mantenere l'ordine, gli invasori affidavano ai criminali della cosiddetta *contraguerrilla* vendette e rappresaglie. I "comportamenti ostili" nei confronti delle truppe statunitensi – cioè insulti o rifiuto di vendere loro mercanzie – venivano puniti con frustate sulla pubblica piazza. L'odio generava odio, il sangue chiamava altro sangue.

Tutto ciò non impedì al generale Scott di "coltivare" gli interessi di Washington: mentre i suoi soldati faticavano a controllare la situazione nelle strade, uno stuolo di esattori si dimostrava molto più efficiente e devastante. Tutte le tasse andavano versate nelle casse dell'esercito, che requisiva anche le prebende della Chiesa, i ricavati dalla vendita del tabacco, e persino delle bische e dei bolli governativi per qualsiasi pratica burocratica; mai sazi di denaro, i vampiri di Scott, con nutrita scorta armata, andavano addirittura a riscuotere gli affitti dei palazzi, pubblici o privati, come se ne fossero i legittimi proprietari.

Nel giro di soli sei mesi, Scott incassò quattro volte la quantità di denaro che lo stato messicano aveva riscosso negli anni 1843 e 1844. L'occupazione costava la vita a tanti soldati, ma risultò un ottimo affare per l'Unione. Quanti di quei soldi finissero nelle tasche di militari d'alto rango e funzionari statunitensi, non si sarebbe mai saputo. Di fatto, molti di loro, una volta tornati a casa, avrebbero dimostrato di potersi pagare fulgide carriere politiche o imprenditoriali.

Il 2 febbraio 1848 venne firmato il trattato di Guadalupe Hidalgo, che sanciva per il Messico la definitiva perdita di oltre la metà del territorio nazionale: Texas, California, Arizona, New Mexico, Nevada, Utah, e cospicue parti di Colorado, Wyoming, Kansas e Oklahoma.

Gli Stati Uniti rinunciavano a tenersi tutta la Baja California, sia perché la consideravano una penisola desertica senza risorse, sia per l'accanita resistenza della *guerrilla* locale.

Scott e i suoi se la presero comoda: pur avendo iniziato le operazioni di rientro delle truppe in febbraio, dopo quasi sei mesi di occupazione, l'ultimo contingente lasciò il paese soltanto il 15 giugno 1848. Per quella data, i prigionieri di guerra erano stati rimessi in libertà, compreso John Riley.


I corpi dei combattenti del San Patricio furono sepolti senza una lapide, spesso in fosse comuni assieme ad altri caduti. Solo alcuni di quelli impiccati a San Ángel – tra i quali Patrick Dalton – vennero trasportati dai sacerdoti nella chiesetta di Tlacopan, poco distante dalla plaza San Jacinto, e lì seppelliti, nel sagrato, ma senza tombe né iscrizioni. Molti anni dopo, venne collocata una targa a ricordo del Batallón de San Patricio su una grande croce celtica di pietra nel punto in cui si presume che riposino i loro resti.

Il Messico continua a onorarne la memoria. In plaza San Jacinto, a San Ángel, c'è una lapide commemorativa con settantuno nomi, e di fronte, nei giardini pubblici, un busto di John Riley; nella sala principale della Camera dei Deputati, il Batallón de San Patricio è inciso a lettere d'oro accanto agli eroi della patria. Ogni 12 settembre, nel giorno delle prime impiccagioni, e il 17 marzo, ricorrenza di San Patrizio, si tengono cerimonie alle quali partecipa la Banda de Gaitas del

Batallón de San Patricio, banda musicale di cornamuse e tamburi formata da messicani in buona parte discendenti di irlandesi e scozzesi.

Nel 2004 il governo messicano ha donato una statua all'Irlanda, che è stata posta a Clifden, città natale di Riley. Qui, ogni 12 settembre si svolge una cerimonia sotto la bandiera del Messico.

L'ex convento di Churubusco è oggi sede del Museo de las Intervenciones, in cui si ricostruisce la storia delle invasioni subìte dal Messico; un ampio spazio è dedicato alla guerra del 1846-1848 e agli uomini del San Patricio. Nonostante le capillari ricerche, nessuna bandiera verde con il motto *"Erin Go Bragh"* è stata rintracciata in originale, e quelle esposte sono riproduzioni.


Di John Riley si perdono le tracce a Veracruz attorno al 1850. Questo ha indotto diversi ricercatori a dare per scontato che si fosse imbarcato per l'Irlanda.

Nel 1999 lo storico Robert Ryal Miller ha rintracciato nei registri della parrocchia dell'Asunción de Nuestra Señora, nel porto di Veracruz, un certificato di morte intestato a Juan Reley, quarantacinque anni, e datato 31 agosto 1850. Vi si legge: "Nativo d'Irlanda, scapolo, parenti sconosciuti; deceduto per ubriachezza".

Se si trattasse di lui, sarebbe stato dunque l'alcolismo a porre fine alla sua intensa quanto travagliata esistenza. A riprova che dall'inferno non si esce indenni.

# Nota dell'autore

Tra le innumerevoli guerre del XIX secolo, per quanto feroci e sanguinose, nessuna raggiunse il livello di crudeltà nei confronti dei civili inermi della guerra di invasione del Messico da parte degli Stati Uniti d'America. Il parossismo dell'odio razziale nei confronti dei messicani da parte delle milizie volontarie calate da ogni stato e grande città dell'Unione superò in efferatezza qualsiasi altro conflitto dell'Ottocento. L'esercito regolare statunitense può essere accusato solo in minima parte di tali eccessi sanguinari, ma in quanto responsabile militare dell'operato di quelle orde di avventurieri e criminali che sotto il vessillo dell'US Army si macchiarono di ogni sorta di scelleratezze – stupri, torture, uccisioni per puro "divertimento", rappresaglie sistematiche su donne e bambini, chiese date alle fiamme dopo averle stipate di rifugiati... – ne condivide la colpa.

Oggi, i mezzi di informazione non esiterebbero a definirlo "genocidio".

Ma a quei tempi i mezzi di informazione dominanti erano stampati a Washington, New York, Chicago, Boston, Filadelfia... E difficilmente un giornale stampato a Città del Messico avrebbe potuto suscitare una qualche eco in Europa.

Certo, non mancarono le voci contrarie proprio nel cuore degli Stati Uniti, e da parte di uomini destinati a passare alla Storia (anche se allora nessuno li ascoltò): Henry David

Thoreau dichiarò pubblicamente che la guerra di invasione era "moralmente ingiusta e contraria ai princìpi di libertà, dignità e uguaglianza degli Stati Uniti", e come gesto simbolico si rifiutò di pagare la tassa imposta dal governo per finanziare l'abominevole impresa; con il risultato che Thoreau venne arrestato e rinchiuso "simbolicamente" – ma concretamente – per un giorno e una notte in carcere (una zia poi pagò la cauzione). Al termine della guerra scrisse il celebre saggio *Disobbedienza civile*, invettiva contro lo schiavismo e la guerra di invasione in Messico, nel quale si legge:

> È così che la massa degli uomini serve lo Stato, non come uomini coraggiosi ma come macchine, con il loro corpo. Sono l'esercito permanente, la milizia volontaria, i secondini, i poliziotti, il *posse comitatus* eccetera. Nella maggioranza dei casi non c'è nessun libero esercizio del giudizio e del senso morale, sono al livello del legno, della terra, delle pietre. Suppongo che se facessimo degli uomini di legno sarebbero altrettanto utili. È un tipo d'uomo che non richiede maggior rispetto che se fosse fatto di paglia o di un impacco di sterco.

Abraham Lincoln tenne un vibrante discorso al Congresso sostenendo che gli Stati Uniti avevano provocato una "guerra innecessaria e incostituzionale", contraria ai princìpi fondatori della nazione, ma la sua voce – come quella di altri (non molti, ma tutti destinati a diventare *autorevoli* in un futuro storico) – rimase soffocata dalla canea furibonda che fomentava il razzismo contro un'accozzaglia di subumani inutili (i messicani), secondo i dettami del "supremo mandato della Bibbia", che inculcava il dovere di sfruttare le terre togliendole a chi non ne traeva profitto.

Non a caso, la maggior parte degli ufficiali di alto grado che guidarono l'invasione erano veterani delle cosiddette guerre indiane, cioè avvezzi a sterminare donne e bambini per "liberare" territori – "biblicamente" destinati allo sfruttamento – dalla presenza di popolazioni nomadi che "assurdamente" rispettavano i cicli vitali di Madre Natura evitando di assoggettarla a colture intensive e allevamento del bestiame. Fecero lo stesso con i messicani, dopo una capillare e ossessiva campagna di conquista dell'opinione pubblica statunitense volta a infondere la convinzione che fossero una "razza pigra, debole, improduttiva, dedita ai vizi e alla dissolutezza". Curiosamente, erano gli stessi epiteti che la stampa dominante usava nei confronti degli irlandesi immigrati.

Con l'aggiunta che gli irlandesi (oltre a "togliere il lavoro" ai nativi di origine anglosassone) "facevano troppi figli", quindi, minacciavano di "inquinare" irrimediabilmente la razza eletta secondo i parametri biblici a cui si appellavano.

Anche i messicani mettevano al mondo molti figli, ma tra il 1846 e il 1848 le milizie e i volontari degli stati e delle città nordamericani diedero un apporto decisivo alla riduzione drastica della loro proliferazione. Massacrandoli indiscriminatamente in paesi, villaggi, campagne, comunità nel deserto o sulle montagne, lungo fiumi e laghi, in modo sistematico o per puro "diletto", sotto bombardamenti di artiglieria o a sciabolate passando loro accanto, facendo il tiro a segno nelle città o sgozzandoli per risparmiare le munizioni... resero così più spaziosa e adatta alla colonizzazione quella metà del Messico che andava dalla California al Texas. E violentando, cammin facendo, un numero di donne indigene e meticce incalcolabile: dopo i *Conquistadores* spagnoli, furono loro a rinverdire lo stupro di guerra, le donne come bottino, le donne come mezzo di supremo – e abietto – disprezzo per i vinti.

Si avveravano le parole profetiche di Thomas Jefferson, che intuendo quale perverso cammino stava intraprendendo la sua nazione, aveva lasciato scritto:

"Tremo per il mio Paese, quando penso che Dio è giusto e che la sua giustizia non può restare sopita in eterno".

Quella che gli annali statunitensi riportano come "Mexican War" fu una guerra di sterminio.

E tra coloro che opposero una strenua resistenza, al fianco dei messicani, vi furono "quelli del San Patricio", in stragrande maggioranza irlandesi, assieme a polacchi, tedeschi, scozzesi e persino qualche canadese, spagnolo, francese, svizzero e italiano, oltre a un certo numero di ex schiavi afroamericani. Anche se, pur essendo presenti, pur avendo combattuto e trovato la morte su quei campi di battaglia, in nessun dipinto dell'epoca è raffigurato un volto di pelle scura tra le schiere armate.

Quegli uomini venuti dalle regioni più povere d'Europa non vagheggiavano una rivoluzione, sebbene tra loro vi fossero ribelli irriducibili, specie tra gli irlandesi, e sicuramente li univa il desiderio di vendetta per le umiliazioni patite da immigrati tenuti ai margini e trattati come reietti, bersaglio costante del disprezzo da parte degli "anglosassoni protestanti", sia le élite di potere sia i comuni abitanti, spesso più razzisti dei membri delle famiglie altolocate e facoltose.

E non mancavano neppure alcuni statunitensi passati al "nemico" per insopprimibile dovere di viscere e cuore. Del resto, fu la guerra che registrò un numero di diserzioni record, ufficialmente 9207 stando ai dati dell'US Army, ma probabilmente di più se si considerano i "dispersi": questo fatto si può interpretare come sorta di opposizione a una guerra ritenuta ingiusta e alle sue atrocità gratuite, quando non vi era altro modo di manifestare la propria contrarietà senza subire punizioni severe; in pratica, vi furono tanti disertori quanti uomini componevano il corpo di armata del generale Scott, che doveva ricevere continuamente rimpiazzi non solo per le perdite subite (malattie tropicali e infezioni risultarono più nefaste dei campi di battaglia), ma anche e soprattutto per le incessanti "sparizioni" di massa dagli accampamenti.

La maggior parte si diede alla macchia tentando di tornare "a casa", altri si rifecero una vita in Messico. Soltanto una minoranza era passata sul fronte opposto arruolandosi nel San Patricio.

Una brigata internazionale della dignità.

# La fine di un viaggio, l'inizio di un altro

Le vicende del San Patricio le ho in mente da tanto tempo, ma solo una decina di anni fa ho cominciato a raccogliere assiduamente materiali con l'idea di raccontarle in un romanzo. Continuavo a documentarmi ogni volta che tornavo a Città del Messico, e sempre scaturivano nuovi dettagli, ma quando tornavo in Italia, trovavo sempre qualcos'altro da fare: nel frattempo ho scritto diversi libri e ne ho tradotti a decine. Non mi decidevo a cominciare quella che ormai, nella mia testa, aveva assunto le dimensioni di una storia quasi completa. Ci voleva la classica scintilla...

Devo ammettere che The Chieftains e Ry Cooder hanno quantomeno contribuito a darmi una spinta.

Il loro album dedicato ai San Patricios è uscito nel 2010, e confesso di aver provato un misto di piacere e smarrimento: da un lato, avevo un valido motivo per mettermi a scrivere, dall'altro, sentivo che l'argomento stava spiegando le vele per conto suo e che rischiavo di arrivare in ritardo su chissà quanti altri si stessero in quel momento incuriosendo e ispirando. Ma la fretta, si sa, è cattiva consigliera, e così ho atteso che arrivasse il momento giusto, quello in cui il libro che ti porti dentro schizza fuori da solo, stanco di aspettare le tergiversazioni dell'autore.

Cito spesso il "destino" in questa storia. E mi è sembrato un destino che si compie, una sorta di cerchio che finalmente si chiude, quando il mio editore ha pensato di usare la stessa illustrazione dell'artista chicano El Moisés che compare sulla copertina del disco – magistralmente evocativa, densa di significati messicani con quel simbolo potente che è la Virgen de Guadalupe e il soldato irlandese che regge tra le braccia: eroe e martire, indomito ribelle a cui solo la morte può dare requie.

Dai *reel* irlandesi di Paddy Moloney alle ballate di Ry Cooder, come *The sands of Mexico* – dove una strofa dice "la storia mi assolverà, qui sulle sabbie del Messico" –, la raccolta contiene anche la voce inestimabile di Lila Downs, una delle mie passioni musicali e orgogliosa voce della *mexicanidad* in patria come in terra straniera.

Ora posso riascoltare questo disco senza l'urgenza di mettermi a scrivere e le emozioni che ogni brano suscita in me sono molto più genuine di prima. La storia di quelli del San Patricio, da oggi, si incammina da sola e io le auguro *buen viaje*.

# Gracias a...

Paco Taibo II, Paloma Saiz e Benito Taibo, che oltre dieci anni fa, quando a Città del Messico parlai loro dell'idea di ricostruire le vicende del Batallón de San Patricio, si mobilitarono a procurarmi testi raramente reperibili sulla storia della guerra d'invasione del 1846-1848.

Carmina Rufrancos di Editorial Planeta de México, che mi ha inviato materiali utili ad approfondire vari aspetti di questa storia.

Jacopo Stigliano, che quando viveva in Irlanda ha chiesto a un docente di gaelico di tradurre le frasi che ho fatto pronunciare agli irlandesi in questo libro.

Il personale del Museo de las Intervenciones nell'ex convento di Churubusco, per la disponibilità e gentilezza durante le tante ore trascorse in quelle sale.

E a Gloria Corica, come sempre, prima lettrice di ogni mio scritto, *compañera de toda la vida*.

# Bibliografia

Michael Hogan, *Los soldados irlandeses de México*, Fondo Editorial Universitario, Guadalajara, México 1999.

AA.VV., *Apuntes para la historia de la guerra entre México y los Estados Unidos*, Conaculta, México 1991 (basata sulla prima edizione del 1848).

José María Roa Bárcena, *Recuerdos de la invasión norteamericana (1846-1848)*, 2 voll., Conaculta, México 1991 (basata sulla prima edizione del 1883).

Jorge Belarmino Fernández, *Cuestión de sangre*, Editorial Planeta, México 2008.

Paco Ignacio Taibo II, *Alamo*, Tropea, Milano 2012.

# Indice